AMOUR CHROME

SYLVAIN PATTIEU

AMOUR CHROME

l'école des loisirs
11, rue de Sèvres, Paris 6e

Du même auteur à *l'école des loisirs*

Collection M+

Hypallage, tome 2 :
Terrain Frère

Loi n° 49.956 du 16 juillet 1949 sur les publications
destinées à la jeunesse : janvier 2021
Dépôt légal : novembre 2021
Imprimé en France

ISBN 978-2-211-31210-3

Pour mes trois cœurs, Laureline, Lucien et Alma
Pour ma mère et mon père qui me racontaient des histoires
Pour mon frère à qui j'en racontais
À la mémoire de Matthieu
Pour ces petits devenus grands, en âge de lire ce livre, Naïma, Coline,
Zied, Lounes, Sila, Oumy, Camille
Pour Ella et Méline tout juste arrivées et déjà si curieuses
En souvenir de Veerenteran, Liruyan, Kishor et Janani

Avant la sortie le bruit a couru et quand les grilles s'ouvrent tout le monde y va, sauf les boloss, personne ne se presse pour ne pas attirer l'attention mais chacun marche déterminé, par groupes de deux ou trois, les garçons et les filles rigolent et font les bonshommes,

Elle va la défoncer

Belek moi je suis sûr elle sait se défendre l'autre

Mon frère elle va la choper comme as c'est fini pour elle

Elle va appeler yema yema et l'autre elle lui dira ferme ta gueule

Mohammed-Ali se trouve emporté par le flot, il le suit paresseusement, intéressé mais sans se presser, il écoute, il regarde, deux petits en maillots du Bayern et du Real le bousculent, ils sont très excités, il en chope un par le bras et d'un geste le petit s'excuse puis se dégage et trace sa route, Mohammed-Ali garde un pas égal, ils vont tous au même endroit de toute façon, la petite rue à deux pas du collège, la rue des filades, dans l'autre sens que vers le RER et la plupart des profs n'y vont jamais, il y a peu de passants, l'endroit idéal pour se battre si ce n'est que ça limite la place pour les spectateurs, mais dans ces cas-là on fait un cercle et on se serre, on sait bien que tout le monde a envie de voir ça,

Une bagarre de meufs

Un combat de renommée mondiale dans tout le collège, attendu depuis plusieurs semaines qu'elles se cherchent, qu'elles se répondent, qu'elles se jaugent,

Lina Benyacoub contre Margaux Michotte de Zeelle

Deux bêtes de meufs

Lina Benyacoub la bonhomme la cas soc' celle qui fait peur

Margaux Michotte de Zeelle la petite bourge qui se la pète

Elles ont pas mal de raisons de se baffer et elles ne vont pas se priver

En tout cas c'est ce qu'espèrent les deux petits malpolis en maillot de foot

C'est ce qu'espère Mohammed-Ali même s'il se la joue blasé

C'est ce qu'espèrent tous ceux qui se dirigent vers la rue des filades en rigolant

Ils se dépêchent d'ailleurs parce que maintenant les deux meufs sont face à face

Lina Benyacoub est vénère ça se voit elle a le seum

Elle mâche son chewing-gum très vite et ça fait peur

Elle fait des bulles qui claquent

Elle dit viens là viens là sale pute

Et au premier rang il y a d'autres meufs qui tchipent

Margaux Michotte de Zeelle fait moins sa maline que d'habitude

Elle est blanche mais encore plus blanche tu vois

Elle enlève ses boucles d'oreilles elle est prudente la meuf

Et courageuse parce qu'elle soutient le regard

Même si elle a l'œil qui tremble et les lèvres pincées

Si serrées qu'on voit même pas le rouge à lèvres

Elle répond

Je vois qu'une sale pute meuf ici c'est toi

Et ça tchipe encore plus fort au premier rang

Elle dit meuf toi t'es une meuf les mecs ils te font tourner dans ta cité

Elle lui dit tu pues la cave

Et alors là elle n'aurait pas dû, elle se prend la première claque, une bien sonore, et comme l'autre a les ongles longs, ça fait une griffure, longue et rouge sur la joue, la meuf on dirait Albator, mais elle se laisse pas démonter, elle chope la grosse tignasse bouclée de Lina Benyacoub et elle tire et aussi elle crie

Et l'autre ne s'écarte pas non

Au contraire elle se rapproche, elle chope les cheveux à la base

Elle prend la racine des cheveux blonds de Margaux Michotte de Zeelle et elle tire aussi

Vachement fort

Elle prend à la racine parce que ça fait plus mal que si tu tires au bout des mèches

Elles tirent toutes les deux elles y vont des deux mains tellement fort que leurs yeux pleurent c'est mécanique

C'est pas de la faiblesse c'est pas de la tristesse c'est peut-être un peu de la rage mais surtout c'est mécanique

Le combat s'immobilise

Elles sont collées on croirait elles se font un câlin

On s'ennuie pendant au moins une minute,

Genre un Barça-Real à 0-0,

Et puis d'un coup ça relance, Margaux Michotte de Zeelle a l'idée d'y aller aux pieds, elle savait pas pour la racine des cheveux mais elle a quand même du don pour la bagarre

Elle y va bim bim bim dans les tibias

Lina Benyacoub est surprise, elle crie,

Pour ne pas crier il lui faudrait des tibias footballeurs passés et repassés au rouleau à pâtisserie, pour endurcir, pour plus rien sentir

Elle se reprend et elle pique l'idée de Margaux Michotte de Zeelle, elle donne elle aussi des coups de pied, Margaux pousse le même cri mais en décalé,

Ceux de derrière sont dégoûtés ils ne voient plus rien

Ils réclament des claques, des coups en haut, qu'on puisse voir,

Y en a une qui dit, Margaux, tu pourras plus montrer tes jambes, elles sont bleues,

Lina tente une balayette, Margaux trébuche mais se reprend, elle tient toujours fort la tignasse de son adversaire, elle la rapproche et elle essaye un coup de tête, elle touche le front,

On la voyait plutôt défensive la Margaux mais en fait elle attaque, elle tient sa place, elle encaisse,

C'est vraiment intéressant

À ce moment trois surveillants, deux profs, la CPE, ils écartent tout le monde, ils disent arrêtez, ils poussent et ils séparent les deux filles, il en faut deux pour tenir Lina Benyacoub, elle envoie encore les jambes et elles sont longues, elle fait attention quand même à ne pas toucher les adultes, les spectateurs crient, ils s'éparpillent, des poukaves ont cafté, les profs interviennent alors que cette rue c'est même pas le collège, Mohammed-Ali se permet de le faire remarquer, la CPE dit c'est soit nous, soit on appelle la police, il convient que c'est mieux, il s'en va en mode ouais ouais attitude.

Les deux combattantes sont essoufflées, elles saignent un peu mais rien de méchant, elles ont chacune des poignées de cheveux de l'autre dans les mains, c'est pas pour faire psychologue mais Margaux Michotte de Zeelle a quand même l'air un peu soulagée, la CPE dit c'est hors de l'enceinte du collège on peut pas vous punir mais on appelle les parents, c'est sûr, on va leur dire pour la bagarre.

Alors c'est mythique, Margaux Michotte de Zeelle relève la tête, elle parle ça tremble encore de seum et de douleur, mais elle dit bien fort : on se battait pas madame on s'amusait.

De ce jour Lina Benyacoub et Margaux Michotte de Zeelle ont commencé à traîner ensemble.

Il ne les a pas trouvés au lycée, ils sèchent souvent, ils tiennent un four pas loin, ils se partagent le poste mais des fois l'un reste un peu pour discuter avec l'autre. Là il n'y a personne, ils ont leur grec et leur coca pour passer le temps, ils voient le gars arriver de loin. Ils le connaissent de vue du lycée, il est en option scientifique, il ne va pas trop côté bacs pro. Il s'appelle Frédéric et il a bien une tête de Frédéric, pourtant ils sont tous les trois habillés pareil, casquette, sweat à capuche, disons que le sien est trop neuf, et puis il a un jean et pas un pantalon de jogging.

Il s'approche et il n'a pas l'air très assuré, ils ont l'habitude des ienclis stressés qui débarquent en RER depuis Paris, mais là c'est pas ça. Sofiane parle le premier, il lui dit frérot tu cherches quelque chose, Ilyès ne dit rien, Ilyès ne dit jamais grand-chose.

Frédéric se met face à eux et il répond, frérot, c'est vous que je cherche, toi et ton frère, je viens pour parler, pas pour acheter. Sofiane pourrait se la jouer frérot, le temps c'est de l'argent, si tu n'achètes rien dis vite, mais il n'y a personne, aucun iencli, et puis c'est un mec sympa, alors il dit j'écoute, et Ilyès fait toujours comme Sofiane alors il écoute aussi.

Frérot, tu sais, Frédéric parle lentement, ta sœur elle a tapé ma sœur au collège, c'est pas bien, faut lui parler les gars, franchement ça se fait pas.

Sofiane se lève et quand il se lève c'est impressionnant.

C'est ta sœur qui t'a dit de venir, frérot ?

Frédéric fait non de la tête, il est venu tout seul, si elle savait elle ne serait pas contente d'ailleurs, mais il a vu ses plaies, il s'est dit c'est moi le grand frère, je dois faire quelque chose, je dois parler aux frères Benyacoub.

Ilyès se lève aussi et c'est encore plus impressionnant, on dirait Golgoth et Musclor, ils ont peu de différence d'âge, il y en a bien un plus grand que l'autre, mais impossible de savoir lequel est le plus jeune. Tous les deux en mode géant costaud.

Frérot, tu voudrais que je parle à ma sœur, que je lui dise c'est pas bien de taper la sœur de comment tu t'appelles ?

Frédéric.

Tu voudrais que je dise à ma sœur, c'est pas bien de taper la sœur à Éric

Frédéric

Ilyès rigole, Sofiane continue,

Excuse, frère, donc tu voudrais que je la chope dans sa chambre, que je lui dise, Lina, faut pas taper la sœur à Frédéric ?

Frédéric force sur son œil pour qu'il ait l'air noir, il fait oui de la tête. Il est assez costaud lui aussi, il n'a pas peur de se battre.

Sofiane rigole à son tour, Ilyès est mort de rire.

Mais mon frère, chez toi c'est le Moyen Âge ? Tu dis à ta sœur ce qu'elle doit faire ? Tu lui dis nani, nana et elle le fait ? Frérot, les meufs elles ont le droit de vote, ma sœur elle est libre, elle est grande, si elle s'embrouille, je lui dis rien, je lui dis règle tes affaires avec l'autre meuf.

Frédéric ne sait plus trop quoi faire, ni quoi dire.

Sofiane lui met la main autour de l'épaule.

Tiens, frère, je t'offre un joint. Frérot, ma sœur c'est Beyoncé, je peux lui dire ce que je veux elle se laisse pas faire, elle veut se bagarrer elle se bagarre, tiens fume, c'est cadeau, tu me diras ce que tu en penses, si ça te plaît tu pourras m'en acheter, si tu fais des petites soirées tranquilles avec tes potos.

Frédéric hésite, il n'imaginait pas du tout les événements de cette manière, il se dit, après tout, il a raison, il prend le joint, merci ma gueule, Ilyès le checke en rigolant.

Zako lui tend le poing à l'entrée du collège, check, ça va gros, ils finissent la route ensemble. Mohammed-Ali a encore de la peinture sur les mains et ça se remarque, Zako le chambre, il lui dit, ma gueule, tu as encore fait de la peinture, toi.

Mohammed-Ali a de bonnes notes et ça lui laisse de la place pour le reste. Avec le daron et la daronne, ça va, ils lui font confiance, ils lui permettent de sortir, pas de traîner, il va voir ses potes quand il veut. Avec les profs et la CPE c'est aussi une affaire de confiance, il peut discuter avec eux, contester quand il n'est pas d'accord, ils lui confient des responsabilités. Un mois après la rentrée la CPE l'a convoqué et lui a dit, tu as été élu délégué, tu fais du bon boulot, tu pourrais être au conseil de la vie collégienne, te réunir avec nous, les enseignants, pour discuter de la bonne marche du collège. Il a dit oui. Ça lui fait des réunions avec les profs, le principal, les parents d'élèves, et ça se finit toujours par de la graille au collège, le principal sort des bouteilles de vin, il rabat sa cravate par-dessus son épaule et il les ouvre, il dit aux parents et aux profs goûtez-moi ça, à ce moment on dirait il salive et il claque sa langue dans sa bouche.

Il fait toujours ses devoirs Mohammed-Ali, il apprend toujours ses leçons, mais c'est pas un lèche-cul avec les profs, il te laisse copier par-dessus son épaule, il te montre ses exercices, il t'explique s'il a le temps et sinon il prend le résultat en photo et il te l'envoie sur WhatsApp. Au conseil de classe il défend ses camarades, il déploie ses arguments, les efforts d'un tel ou la maman malade d'une telle. Le principal l'appelle l'Avocat, pour rigoler, il lui donne la parole et il dit qu'est-ce que vous avez à nous dire, monsieur l'Avocat ? Il y a des profs qui rigolent mais Mohammed-Ali n'est pas troublé, il a sa petite voix imperturbable et il explique, il argumente, il emploie des mots compliqués et il fait des belles phrases, rien à voir avec son vocabulaire d'avec les copains, il parle comme dans les livres. Au final il ne sauve personne, mais il a au moins essayé, il limite un peu les dégâts, il tire vers les encouragements, ou il évite un avertissement, mais seulement, vraiment, dans les cas limites.

Au conseil de la vie collégienne c'est pareil, il lit les comptes rendus, les ordres du jour, il arrive il n'a pas toujours tout compris aux dossiers mais il sait de quoi ça parle, à côté certains de ses collègues ont été élus parce qu'ils sont populaires mais ils n'assurent pas, ils s'ennuient grave, ils dorment ou ils regardent leur téléphone. Lui il a sa phrase, il la répète quand on se moque de lui, il dit il faut être sérieux pour être pris au sérieux, il le prouve.

Il épate les profs, Mohammed-Ali, il rend ses parents fiers, ses copains sont admiratifs, ils disent, il est un peu bizarre, quand même, mais c'est un bizarre qui ne sonne pas mise à l'écart, un bizarre qui veut dire respect, ce gars est un ouf.

Ça c'est Mohammed-Ali au collège, Mohammed-Ali la façade, mais il y a une vie secrète, il y a deux secrets. Voilà pourquoi il a de la peinture sur les mains, voilà pourquoi Zako le chambre.

La vie secrète de Mohammed-Ali
épisode 1

Mohammed-Ali a un premier secret. Il sort la nuit pour taguer. Ça n'est pas très difficile. Il habite rue de l'Égalité, une petite rue mignonne avec des pavillons seulement, bordée d'un côté par le pont de l'autoroute, de l'autre par une petite cité, dite «de l'Amitié». Il n'y a que des jolis noms comme ça, l'Amitié, la Fraternité, la Liberté, ça dessine des lignes droites, à l'horizontale, quand ce sont des rues, plus verticales, quand ce sont des immeubles.

C'est facile de sortir de sa maison, il dit bonne nuit à ses parents, je vais travailler un peu et puis je vais me coucher, il dit, il monte, il travaille vraiment, et puis il éteint la lumière, il ouvre la fenêtre et il sort. C'est au premier, il y a un petit toit, il marche à pas délicats pour ne pas faire de bruit, il saute, au retour il pourra se hisser sur la gouttière, faire le chemin inverse. Il a des poscas dans sa poche et des bombes avec des aiguilles dans son sac, le tout emmitouflé de tissus pour ne pas faire de bruit. Il met sa capuche, il traverse le jardin, les volets sont fermés, il voit à travers les rais de lumière de ses parents qui regardent la télé, ça fait des éclairs bleus ou rouges selon le programme. Il a deux petites heures, le temps du film, il faut qu'il revienne avant. On sait bien comment ils font, les parents, leur fils a quatorze ans mais ils ne peuvent pas s'empêcher de jeter un coup d'œil dans sa chambre, que tout aille bien, avant d'aller se coucher. Pendant le film au moins ils sont scotchés. De toute façon, Mohammed-Ali ne veut pas rentrer trop tard, pour ne pas être trop fatigué au collège le lendemain.

Il met ses écouteurs, trouve PNL sur son téléphone, il écoute, il marche et il plane. Il est sorti dans la rue derrière chez lui, il passe devant le pavillon sombre aux grilles épaisses, celui divisé en plusieurs appartements, il y a des familles tamoules qui y vivent. Parmi elles, son ami Veerenteran, son premier copain à l'école. Ils se voient moins, ils ne traînent pas vraiment ensemble, mais ils s'aiment bien. Ensuite la maison de Roger, il a sa voiture garée devant, une vieille voiture allongée, qu'il nettoie au jet tous les week-ends, il termine à la peau de chamois, un obstiné, un vieux, mais il est gentil. Après il y a les Haroun, les Salah, les Chinois, le couple de vieux Français, anciens commerçants, puis les Larbi, les Paindépice. Dans la journée Mohammed-Ali salue tout le monde, il donne un franc bonjour, certains l'ont vu grandir, il a été à l'école avec les fils et les frères, mais la nuit il rase les voitures, il veut surtout que personne ne le voie, n'aille ensuite raconter aux parents, tiens, Mohammed-Ali était dehors, hier soir. Une fois passé le pont de la voie ferrée, plus rien à craindre. Il se relâche. Il connaît les coins. Il escalade une clôture sous le pont de l'autoroute, il est caché par un gros pilier. Il y a deux trois tags bien moches sur la tranche la plus fine du pilier. Il sort son posca, il le secoue, ça fait un bruit de va-et-vient quand le bidule à l'intérieur se déplace. Il pose sa signature sur le mur, il prend bien le temps de dessiner les lettres, il se met à l'écart des autres tags, pour ne pas les toyer. Il n'aime pas tellement taguer, finalement, il préfère les graffs. Le tag, c'est marquer son territoire, mettre sa signature, le graff, c'est de l'art. C'est ce qu'il se dit. Il se chauffe avec son marqueur, il recule un peu, il est content du résultat.

Rotka. C'est son blaze. Ça pète. Carotte en verlan, parce qu'il les carotte tous, tous les autres, ceux qui font des trucs moches, ceux qu'il recouvre, parce que lui il est seul, il n'a besoin de personne.

Il sort ses bombes. Il ajuste les caps, il y plante les aiguilles, en fonction de l'épaisseur du trait. Il a déjà choisi ses couleurs, il a dessiné son lettrage sur un petit carnet, il l'ouvre pour s'en servir de modèle. Il a choisi une bombe métallique avec un chrome cuivré, ça pète. Il ne voit pas bien, heureusement la lune est pleine et un réverbère éloigné lui prête aussi un peu de lumière. Il secoue la bombe et la petite bille fait le bruit qu'il aime. Il commence à graffer, il s'applique, c'est presque silencieux si ce n'est les voitures plus haut, sur le pont, pas assez bruyantes pour masquer le bruit doux et suintant de la peinture qui sort. Quand passe un train, ça gâche un peu tout, c'est du fret, il y en a même la nuit, mais pas souvent.

Son graff est plutôt réussi, mais à cet endroit personne ne le verra. Il bouge, enjambe encore la clôture, se dirige vers son collège. C'est là que ça se passe. Il a repéré un spot mais il faut faire vite. Il monte sur une poubelle, il prend appui des mains sur une corniche, il se hisse, il est sur un surplomb, il y a peu de place, juste assez pour décorer un beau pan de mur, là, juste à côté d'un panneau publicitaire. Il sort la bombe de son sac, il travaille vite, il est chaud maintenant. Il jette un coup d'œil à sa montre. Il faut se dépêcher. Il trace son lettrage en noir, il n'est pas complètement satisfait mais il ne peut pas finasser, sa bombe est presque vide. Il fait un petit dessin de carotte à côté de sa signature, une carotte avec un sourire et des yeux. Il passe à la couleur, du orange, normal pour une Rotka, et puis ça pète. Il a choisi un lettrage *bubble*, il fait des carrés dans les arrondis, comme si ses lettres reluisaient, il termine en les remplissant de blanc. Il range ses bombes, il jette celles qui sont vides, il décampe vite.

Il se dépêche mais sans courir, courir c'est le meilleur moyen d'attirer l'attention des condés, il le sait. Il arrive dans sa rue, il escalade la clôture de son jardin, le film se termine bientôt, sans doute, mais il y a encore les lumières rouges et bleues à travers les volets. Il s'accroche à la gouttière, encore un peu il se transforme en chat, il marche avec précaution sur le toit, il pousse la fenêtre de sa chambre, il enlève son sweat à capuche, son pantalon, il les balance en vrac, et il se met dans son lit. Il a oublié de se laver les mains, de les frotter. Tant pis, il s'endort.

Le lendemain, Zako le grille direct, il voit ses mains, il lui dit tu as encore fait ta peinture, toi. C'est le seul au courant du premier secret de Mohammed-Ali. Tu as fait quoi, gros ? il lui dit. Tu as tagué la mairie ou quoi ? Mohammed-Ali ne répond pas, ils sont presque arrivés au collège, il lève la tête, il darde les yeux sur le magnifique Rotka orange, peinture encore toute fraîche sur la façade, quelques défauts mais stylé dans l'ensemble. Zako hausse le regard aussi, il siffle entre ses dents, admiratif, oh le bâtard, il dit, oh le bâtard.

La vie secrète de Mohammed-Ali épisode 2

Mohammed-Ali a un deuxième secret. Il est amoureux d'Aimée. Elle est grande, Aimée, elle est géante, elle a des jambes de ciseaux ou de cigogne ou d'autruche, il voudrait le lui écrire mais il a peur qu'elle le prenne mal. Il l'a repérée depuis un an au moins mais cette année elle se rapproche, elle est dans sa classe. Il ne lui parle pas trop, il n'ose pas.

Elle est stylée, Aimée, elle ne parle pas beaucoup, tout dans le regard. En classe, en général, elle est au fond, c'est peut-être un complexe de grande qui ne veut pas cacher la vue à ceux de derrière, ou bien de la timidité. Il ne sait pas trop. Dans la cour elle traîne avec d'autres renois, elle est sénégalaise, Aimée, ses copines c'est Aminata la Malienne et Mariama la Mauritanienne, Mohammed-Ali s'est renseigné discrètos. Ça doit bien chambrer au moment de la Coupe d'Afrique des nations.

Zako est le seul au courant du deuxième secret de Mohammed-Ali. Il l'a prévenu, il lui a dit, tu sais gros, un rebeu et une renoi, ça peut pas marcher, c'est impossible. Ah ouais, il a dit Mohammed-Ali, et toi et moi alors, c'est pas un rebeu et un renoi ? Ouais mais nous on va pas se marier, l'amitié c'est pas pareil. De toute façon pense pas aux filles, gros, tu es trop jeune. Ça marche bien pour toi à l'école, va pas tout gâcher. Et puis tu peux pas sortir avec une fille qui est plus grande que toi, c'est pas possible. Et puis elle est chrétienne et toi musulman, c'est pas possible ça non plus.

En conséquence, Mohammed-Ali ne parle plus de son deuxième secret à Zako, il le garde pour lui, il l'a au creux du ventre et ça lui fait chaud, ça palpite, ça grouille de papillons qui voudraient bien voler, quand il la regarde, quand elle lui parle, de temps en temps. Elle est sympa, elle est belle, elle travaille pas mal en classe, elle fait aussi du foot, à ce qu'on dit.

Il n'a aucune idée, Mohammed-Ali, de comment il pourrait aller plus loin, comment il pourrait lui dire qu'il la kiffe, la connaître mieux. Des fois même il s'imagine l'embrasser. Il cache son visage dans ses mains, il souffle bien fort, il reprend une activité normale. Faut pas rêver.

Lina vient voir Zako et elle a un petit sourire, il se méfie. Margaux est à côté d'elle, elle mâche son chewing-gum en faisant du bruit avec sa bouche.

Wesh Zako, ça va, frérot?

Il hésite à répondre parce qu'il sent bien qu'elles mijotent un mauvais coup, mais est-ce qu'on peut ne pas répondre à un «wesh Zako ça va frérot»?

Alors il répond wesh Lina, ça va.

Margaux lui tend la main, bien ou bien? Bien, il répond, et il lui serre la main, elle a la peau douce mais elle appuie super fort, elle a un sourire inquiétant.

À ce moment-là il y a des trucs qui se passent dans sa tête à Zako, il sent qu'elle lui prépare un missile, une méga-vanne, il y a des trottinettes hyper rapides, elles se croisent dans tous les sens, elles se percutent, elles cherchent des idées, elles essayent de prévoir d'avance des répliques, mais elles sont totalement inefficaces, elles sont dérisoires face à ces deux bulldozers de filles face à lui. Il sait qu'elles vont lui faire des bricoles, à lui, parce qu'il est plutôt gentil comme garçon. Il est entre les deux pinces d'une grosse tenaille, il ne peut rien faire.

Margaux ne lui lâche pas la main, elle tire, elle se rapproche de lui, comme si elle voulait lui faire une confidence, mais elle parle bien fort, toute la classe entend.

Zako frérot, Lina mon amie elle a quelque chose à te proposer.

Il aimerait avoir la repartie qui tue, il reste coi.

Lina s'approche elle aussi. Elle sort son téléphone portable.

Tu veux le numéro alors ?

Il ne comprend rien.

Le numéro de qui, de quoi ?

Wesh Zako, de l'avocat !

L'avocat ? Comment ça l'avocat ?

Pour ton procès !

Mon procès ?

Lina s'éloigne de lui, elle parle à la cantonade, que toute la classe entende.

Eh Zako il a oublié qu'il est en procès avec Gillette ! Je me trompe pas, Zako ? Sinon je comprends pas pourquoi tu restes avec ces poils si moches. Parce qu'avec la vieille moustache qu'il a, c'est obligé il est en procès, du coup il peut pas leur acheter de rasoir !

Il y en a pas mal qui rigolent, Margaux fait mine de lui toucher la lèvre supérieure et elle minaude, c'est mignon ce duvet, on dirait un petit oisillon, c'est mignon mais c'est gras.

Zako voudrait bien répondre mais il ne voit pas, il y a deux trois trucs bien grossiers dans sa tête, il ne sait pas lequel choisir, il sort la phrase bateau, vous êtes trop bêtes, vous, vraiment trop bêtes, c'est nul, c'est zéro niveau repartie.

Mohammed-Ali vient à sa rescousse, vous êtes trop bêtes, les filles, il répète. On vient pas voir si vous êtes épilées sous les bras, il ajoute.

Lina se moque encore plus, attends tu es sérieux là ? tu veux venir voir sous mes bras ? Ouah le pervers tu crois quoi, tu crois je vais me laisser faire ? Attends, moi mes dessous de bras ils sont sous mes bras, toi ton poto ses poils dégoûtants il nous les montre on lui a rien demandé !

Mohammed-Ali voudrait encore répondre quelque chose, il voudrait leur dire vous êtes vraiment des petites connes, Zako son père il est parti, il n'y a personne chez lui pour lui apprendre à se raser, mais elles sont déjà à plusieurs mètres, leurs éclats de rire s'éloignent, il reste une vague odeur de parfum et de chewing-gum.

Zako a l'air dégoûté, elles l'ont affiché devant toute la classe.

T'inquiète, frérot, il dit Mohammed-Ali, on s'en bat les couilles de ce qu'elles disent.

Avec leurs mauvaises blagues, leur air supérieur, leur style racaille, Mohammed-Ali ne peut pas trop les encadrer, Lina et Margaux.

Elles mâchent leur chewing-gum, c'est le même chewing-gum, le dernier, elles l'ont partagé en deux, plutôt que d'en demander un autre à quelqu'un, on gratte pas, on est pas des clochardes, elle a dit Lina. On gratte pas, on braque, elle a rigolé Margaux. Alors elles l'ont coupé en deux et ça leur fait une petite boule ridicule dans la bouche, même pas de quoi faire des bulles. Elles sont assises toutes les deux à côté en cours de français, elles se regardent tristement, désespérément, elles s'ennuient.

Mme Savanier leur demande de répéter. Répéter quoi, elle demande Lina. Margaux rit, assez fort, pour faire moins insolente elle met sa main devant sa bouche, très lentement. Elle est jeune, Mme Savanier, elle est gentille, elle ne s'énerve pas. Souvent elle préfère laisser couler. Elle dit un cours, c'est comme une rivière, chaque fois que tu t'arrêtes, que tu reprends, c'est un barrage, ça freine le flux, ça retient. Il faut laisser le cours puissant de l'eau emporter les perturbateurs. Dans ce cas-là, les perturbatrices. Donc elle continue. Mais elle n'oublie pas, elle les a dans le coin de l'œil et dans le coin de la tête.

Mohammed-Ali se penche à l'oreille de Zako, c'est vraiment des bouffonnes, il lui dit. Même avec Mme Savanier, c'est la meilleure prof, elles font les idiotes. Zako secoue la tête, l'air dépité.

Ça se passe à cent à l'heure dans la tête de la prof, elle se dit ces deux-là elles m'énervent, elles ont du potentiel et elles le gâchent, soit je les clashe soit je leur donne encore une chance. Elle a le mauvais démon du seum des profs qui lui tire une oreille et qui lui dit vas-y, punis-les, ces petites pestes, remonte jusqu'au principal, fais-les exclure un jour, fais-leur avaler leur chewing-gum. Et puis le gentil ange meskin il tape sur la main du démon du seum et il lui dit, arrête tout de suite, lâche-lui l'oreille, bienveillance, tu connais, toi aussi tu as été jeune, toi aussi tu embêtais les profs, ne te laisse pas marcher sur les pieds, bien sûr, mais ne les clashe pas, tu vas les braquer. L'ange et le démon se donnent des coups, Mme Savanier ça la gêne, elle commence à bafouiller, elle bugge, elle a entamé une phrase et il lui manque la suite, les élèves attendent, elle ne se souvient plus. Finalement l'ange trouve le moyen d'enfoncer le petit démon, ça ne passe pas par les poings, non, ça passe par une brillante idée : mets-les avec un bon élève, il dit à l'oreille de Mme Savanier, mets-les avec Mohammed-Ali, il les tirera vers le haut, vers le travail.

Parfait, elle dit, l'ange et le démon s'évaporent. On va faire les groupes pour le travail d'enquête dont je vous ai parlé.

Les élèves tirent tous des têtes de trois kilomètres, ils ont oublié cette histoire d'enquête.

Mais si, rappelez-vous, je vous avais dit qu'on allait travailler comme des journalistes, on fera les rendus pour la semaine de la presse. Vous devez choisir un lieu inhabituel pour vous et aller y faire un reportage, en groupe.

Lina chuchote à l'oreille de Margaux : c'est guez, son truc.

Mohammed-Ali chuchote à l'oreille de Zako : c'est trop bien !

La prof continue, elle annonce qu'elle a déjà fait les groupes, elle improvise à toute vitesse pour mettre son plan à exécution. Dans sa tête elle assemble les élèves par trois, il faut bien calculer, selon les affinités, la capacité de travail, éviter un groupe où un seul se tape tout le boulot. Mettre Mohammed-Ali avec Lina et Margaux, c'est un risque, elle le prend. Elles ont leur fierté, elle se dit, elles ne laisseront pas un garçon tout faire.

Margaux, Lina, Mohammed-Ali, vous êtes ensemble.

Mohammed-Ali fait une drôle de tête, il voulait être avec Zako, en dedans il est dégoûté mais il fait bonne figure.

La prof dit maintenant on passe au travail par groupes, vous discutez un quart d'heure et vous réfléchissez, quel sujet vous aimeriez traiter.

Je traite personne moi madame, il dit Zako, ma mère elle m'a bien éduqué. La classe rigole. Mme Savanier aussi, on reprend son sérieux, elle dit, mettez-vous par groupes, vous pouvez chuchoter mais pas parler fort. Dans un quart d'heure on fait le point.

Mohammed-Ali se lève pour rejoindre Lina et Margaux. Il traîne un peu, il fait la tête, tant qu'à être avec des filles, pourquoi pas avec Aimée, au moins. Cache ta joie, elle dit Lina, tu crois ça nous fait plaisir d'être avec un petit intello comme toi ? Ça va, elle dit Margaux, on l'aime bien, il fait pas sa fierté. Mohammed-Ali se défend, ça lui va très bien ce groupe, il a des idées. Il propose un reportage sur le temple tamoul pas loin de chez lui. Bof bof pour les filles. Et sinon le marché ? Ils pourraient se lever tôt pour voir l'installation, il connaît des maraîchers. Se lever tôt, elle dit Margaux, tu crois moi je me lève tôt ? Il réfléchit, elles commencent à discuter entre elles, ne le calculent plus. Il n'a pas d'autre proposition, il panique. Il trouve l'exercice intéressant, il ne veut pas se retrouver avec un vieux sujet.

Alors, elle dit la prof, vos idées ?

Dans la tête de Mohammed-Ali c'est une salle de sport, les muscles du cerveau font grave des pompes, ils courent sur un tapis, ils font du vélo sur place et ça gonfle leurs cuisses, ils soulèvent des haltères et leurs biceps font polop polop. Ça chauffe de sueur et ça pue le bonhomme, il y a des grosses enceintes et les basses boostent derrière, elles balancent. Avec tout ça une idée va sortir, obligé.

Mais quand Mme Savanier les interroge, il ouvre et il ferme la bouche, il hésite. Et là c'est le braquage, Lina ouvre sa gueule, plus vite ; elle, sa tête, c'est une volière, toutes sortes d'oiseaux s'entrechoquent, de toutes les couleurs, ils battent des ailes, ils volent haut dans le ciel, ils remuent leurs becs, ils jacassent.

Ils sont plus rapides que les Golgoth de Mohammed-Ali, ils sont plus fins, elle en chope un au hasard, un colibri ou un rouge-gorge, peu importe, la première idée qui lui passe par la tête, elle ne sait pas comment ni pourquoi, elle dit, on va aller voir des lesbiennes. La classe rigole, il y a coupure d'électricité direct dans la salle de sport de Mohammed-Ali, dans celle de Margaux il se passe pareil, elle regarde sa copine en mode oh my god what the fuck.

Mme Savanier est surprise, elle se dit, ça commence à marcher, cette histoire, elle hausse la voix pour faire cesser les rigolades, c'est une bonne idée, il faudrait l'affiner. Elle réfléchit deux minutes et puis elle propose, il y a le Festival du film lesbien, qui passe bientôt dans un cinéma à Paris, vous pourriez aller voir, mener votre enquête là-bas. J'ai des contacts, je vous en donnerai. C'est une très bonne idée, j'étais sûre que ça allait marcher, votre groupe.

Mme Savanier sourit. Elle est contente. Zako a les yeux qui roulent, il s'imagine dans *Walking Dead*, son pote est derrière la grille, les zombies le déchiquettent, il ne peut rien faire.

Mohammed-Ali ne parle plus,

Margaux ne parle plus.

Lina ne parle plus.

Au moins, pour la fin du cours, ça a cousu des bouches.

À la sortie, Margaux se jette sur sa copine, wesh, elle te vient d'où, cette idée ? t'es une guedin toi ?

Lina ne comprend pas elle-même, elle ne peut pas dire j'ai attrapé un oiseau qui me passait par la tête, elle ne peut pas dire j'ai voulu sortir le truc le plus gros, pour choquer la prof, pour faire rire la classe, pour qu'on dise derrière moi, wesh, la meuf, c'est une folle, une tueuse de profs. En vrai, elle voulait déconner, elle ne pensait pas que Mme Savanier dirait banco. Alors elle dit ben quoi, on connaît pas, les lesbiennes. Mohammed-Ali est derrière elles, eh grosse maline, comment tu sais que t'en connais pas ? Tu crois c'est marqué sur leur front ? Tu crois y en a pas dans ta cité ? Lina ne se laisse jamais impressionner, elle continue, ça m'intrigue, des filles qui préfèrent des filles, je veux bien voir. Elle se moque de Mohammed-Ali, t'inquiète, elles t'embêteront pas, elles nous dragueront nous, on est trop belles, toi t'es un rageux, un jaloux. Margaux fait la gueule, elle dit, attends, si on fait ça, on va croire que c'est nous les lesbiennes.

N'importe quoi, Mohammed-Ali s'éloigne dans le couloir, il hausse les épaules genre bats les couilles, on fait comme vous voulez, moi je peux tout faire. Il est Rotka, le gars qui pose dans les endroits les plus hauts, celui qui agit seul, il n'a peur de rien. Un super-héros de la nuit et personne ne sait.

Quand il les croise au lycée, Frédéric salue Ilyès et Sofiane. Ça n'arrive pas souvent, les bacs généraux et les bacs pro ne traînent pas du même côté de la cour. Mais ça impressionne ses copains, en mode comment tu les connais ces mecs-là ? Frédéric ne répond pas trop, il fait son mystérieux. En vrai, il a longtemps été le boloss de la bande, il connaît ses potes depuis le collège, l'école primaire pour certains. On l'appelait petit gros, parce qu'il avait un peu d'embonpoint, mais depuis l'entrée au lycée, ça change. Il a gagné des centimètres, il fait du sport. Il aimerait que ses potes arrêtent de le voir comme au collège. Il n'est plus Gordo Fred dont on peut se moquer impunément. Des fois il leur mettrait bien son poing dans la figure, pour qu'ils comprennent.

Il ne les impressionne pas.

Il ne le dit pas mais ils le savent, il n'est jamais sorti avec personne.

Il aime sa sœur mais elle est insupportable à la maison, et avec toutes ses conneries, il n'y en a que pour elle.

Il est bon en classe, mais depuis qu'il est en S, il galère, il se dit, je ne suis pas au niveau.

Alors si seulement dire bonjour à deux gars en bac pro ça peut remettre les pendules à l'heure, il ne dit pas non.

Il pense à tout ça et justement il les voit qui arrivent, Ilyès et Sofiane, les deux, ils marchent dans la cour des bacs généraux, et ils se dirigent vers lui, direct, ils l'entourent, ils le salamaleïkoument, il les aleïkoumesalame, ils le checkent, main sur le cœur. Ses copains s'écartent, ils s'éloignent, Frédéric fait l'air de rien, tout est normal.

Ça va, frérot ?

Ça va.

Dis donc frérot, tu fais un bac S, ça va, ça te plaît ?

Ça va.

Ilyès lui frotte la tête avec son poing, affectueusement.

Tu es mon gars sûr, toi, pour l'école, un intello, hein ?

Bof, c'est dur les cours en S.

Meskin, il fait ce qu'il peut, sois pas modeste, frérot, je suis sûr que tu déchires. Tu auras un diplôme, toi, tu auras un bon boulot, toi, tu verras.

Frédéric ne sait pas quoi répondre, ça lui paraît loin tout ça.

Et c'est comment l'ambiance, en S ?

Ça va.

Y a de la meuf dans ta classe ?

Y en a un peu. Moins que si j'étais en L. Mais je fais aussi l'option arts plastiques. Là y en a des meufs.

Option arts plastique, il est malin, le frérot, tu veux choper des meufs, c'est ça ? Elles te voient toi en S, elles se disent celui-là il est intelligent et en plus il est sensible, il est malin.

C'est clair, tu as l'air d'un teubé mais en fait t'es un malin, toi.

Et sinon, avec tes potos, tu t'amuses, un peu ? Il y a des soirées ?

Ça arrive, quand même, on passe pas notre temps à travailler, on n'est pas des boloss.

Ilyès et Sofiane se mettent à rire. Ils le checkent.

Wallah, ça doit être dans des belles maisons, tes soirées, dis-nous la vérité ? il doit y avoir des belles personnes.

Des belles maisons, ça dépend, des maisons, quoi.

Frédéric ne comprend plus rien.

Écoute mon frère, je te dis la vérité, ça nous intéresse, tout ça. Tu te rappelles le shit qu'on t'a filé la dernière fois ?

Frédéric hoche la tête.

C'était du bon, hein, wallah c'était du bon ?

Il hoche encore la tête.

Écoute, tu voudrais pas que tes amis en profitent ? Je te dis la vérité, frérot, nous on fait du bizness, mais c'est limité. On connaît que des gars comme nous, au lycée, et travailler dehors ça fatigue, c'est toujours pareil, on peut se faire serrer par les condés.

Sofiane lui met le bras autour des épaules.

Écoute, on se fait déjà de la maille, mais on veut plus. C'est simple, ce qu'on te propose. On te donne du shit, tu le vends dans tes soirées où on connaît personne. Tu élargis notre marché. On te donne ta part, tu fumes gratuit, tu vends un peu, rien de dangereux pour toi, de petites quantités, et puis c'est chez tes potes, y a pas la police, tu n'as rien à faire, ils sauront que tu en as, ceux qui en veulent te payent, c'est tout.

Frérot, nous on connaît les bacs pro, toi tu connais les S, les ES, les L. Si une fille te plaît, tu lui offres un joint, les autres tu les fais payer. Et tu te fais ton pourcentage.

Frédéric fait marcher les tuyaux de sa tête, c'est interdit, mais ça devrait être légal, c'est dangereux, mais limité, en soirée on ne te contrôle pas, et puis même dans la rue il ne s'est jamais fait contrôler. Il se dit, ça va me donner du poids, si je suis le mec qui a du shit en soirée, on viendra me voir, me parler. Je me ferai un peu de sous.

C'est d'accord, il dit, mais que des petites quantités, et que quand je veux. Je veux pas que vous m'obligiez à vendre.

Attends, regarde-moi dans les yeux, tu crois que je suis le genre de frérot qui oblige son frérot à faire des trucs ? on est associés, on va pas te faire de crasses. C'est du bonus, pour nous, pas de pression. Tu nous dis quand tu es invité, c'est tout.

Ils le checkent encore et ils s'éloignent, lentement, le pas balancé, ils sont stylés.

Les copains de sa classe reviennent, ils le regardent bizarrement, qu'est-ce qu'ils t'ont dit ?

Mohammed-Ali a repéré l'endroit depuis plusieurs jours, il faut monter sur un tableau EDF, tenir sur la bande étroite sans vaciller, il sait faire, et là c'est un beau spot. Ce qui l'embête un peu c'est qu'il y a déjà un graff, un moche, tout miteux, un vieux, il se dit celui-là je peux le recouvrir. N'empêche il n'aime pas ça, saccager le travail des autres, mais l'endroit est vraiment bien visible, sans doute depuis le RER, quand il passe, laisser ce graff pourri c'est gâcher. Il applique d'abord une première couche, chrome argenté, pour le recouvrir. Puis il fait son lettrage par-dessus. Il attend un petit moment que ça sèche. Il remplit les lettres de Rotka, il a prévu un dégradé qui pète. Il aimerait qu'Aimée passe par là par hasard, qu'elle voie son graff et qu'elle le trouve beau. Il est en train de penser à ça, il s'imagine qu'il lui parle (rêve numéro un) et qu'elle lui dit tu sais j'ai vu un trop beau graff (rêve numéro deux) et alors il avoue que c'est le sien (rêve numéro trois) et enfin elle l'embrasse (rêve numéro quatre).

Eh toi, là, tu fais quoi ? Il venait à peine de passer à rêve numéro trois, il a failli tomber direct, il se rattrape, il lâche sa bombe, il saute. Il la ramasse, si c'est les keufs, il se dit, je veux pas qu'ils chopent mes empreintes. Vu tout ce qui se passe, ils pourraient croire que c'est un terroriste, venu poser des vraies bombes, pas des bombes de peinture, sous les trains, et avec la police scientifique ils retrouveraient facile sa trace, adieu la vie. Il y a deux silhouettes qui se rapprochent, il se dit ce ne sont pas les condés, sûrement d'autres graffeurs, de ceux dont il recouvre les œuvres, peut-être, en ce moment. Il a de la chance, ils étaient loin quand ils ont crié, il entend encore t'es mort, on t'attrape on te nique ta mère, il part en sprint, on dirait le fils d'Usain Bolt, ou plutôt le fils d'Usain Bolt avec un gros sac de bombes de peinture dans le dos, qui font diling diling, pas discret. Il est aussi repérable qu'une vache dans un pré avec sa cloche, alors il abandonne son sac, il le balance sans vergogne, par-dessus le pont du chemin de fer, il fait gaffe que ça tombe à côté des voies, il se dit j'irai le récupérer. Il n'a jamais couru aussi vite, il ferait ça en sport il augmenterait grave sa moyenne. Heureusement il connaît bien les rues.

Il pense les avoir semés, il arrive dans son quartier alors il ralentit, il prend bien le temps de retrouver son souffle, il a chaud, il est tout mouillé aux aisselles et au torse. Quand son cœur bat normalement, ou presque, il escalade son portail, il rentre chez lui. Il se couche, il se sent tout mou, tout faible.

Il s'endort en se disant mes muscles ont fondu.

Les filles sortent peu à peu du vestiaire, on ne peut pas dire que ça les enchante, deux heures de sport. Il y a des profs de sport beaux et musclés, des profs de sport sympas, et puis il y a M. Rabiot, il est lent, il donne les consignes à deux à l'heure, il a du ventre et on dirait que son seul moyen pour maigrir, c'est de faire courir les autres. D'ailleurs, la course, c'est quasiment le seul sport qu'il propose. Avec lui, c'est sûr, pas de foot, pas de basket, seulement de l'athlétisme, toutes les sortes, du relais, du sprint, de l'endurance. Il faut marcher jusqu'au stade, se changer dans les vestiaires, puis traîner des pieds pour aller sur la piste, histoire de perdre quelques minutes de cours. La seule qui aime ça, franchement, c'est Aimée. Courir ça ne lui pose pas de problème, tellement elle a de grandes jambes, mais ça n'est pas seulement ça, parce qu'il y en a d'autres, des grandes, et elles détestent ça, l'athlétisme, c'est pas humain. Aimée justifie ça avec des arguments bizarres, j'aime courir, ça me fait travailler le foncier pour le foot. Tout le monde hallucine dans la classe sauf Mohammed-Ali, qui dans l'intérieur de sa tête trouve ça trop cool.

Ce jour-là pourtant elle est nerveuse. Elle cherche partout, elle retourne son sac, elle s'énerve. Elle a oublié ses chaussettes. Ses grosses chaussettes de sport qui lui permettent de ne pas avoir des ampoules, quand elle court. Elle a dû les poser à côté de son sac, son frère a certainement posé ses fringues par-dessus. Elle se dit ce soir, je le défonce. Elle ne peut pas courir avec ses petites chaussettes de la journée, des chaussettes toutes fines, elle va les déchirer, c'est sûr, elle va s'abîmer les pieds, elle ne peut pas raconter ça au prof, il croira que c'est une excuse pour sécher son cours. Elle est en panique, elle demande d'abord à ses copines, ses go sûres, Aminata et Mariama. Elles sont désolées, elles n'ont pas de chaussettes à lui prêter. Alors elle se déplace de fille de sa classe en fille de sa classe, elle demande une à une, steuplé, t'as pas une deuxième paire ?

Tu sais, elle dit Lina, je te prêterais bien les miennes, pour pas faire sport, mais même si je faisais ça, et même si j'avais une autre paire, elles seraient trop petites pour tes grands pieds. Faut que tu demandes aux garçons, c'est clair.

Elle dit ça mais elle ne croit pas qu'Aimée va le faire, aller gratter des chaussettes comme une clocharde, et pourtant elle y va, elle lui dit, merci, bonne idée, et elle attrape les garçons qui sortent du vestiaire, on dirait une junkie du sport, elle leur demande, eh, toi, là, t'as pas des chaussettes pour moi ?

Lina ouvre grand les yeux, elle rigole doucement avec Margaux, la meuf de ouf, elle lui dit.

Mohammed-Ali sort du vestiaire et il se passe un miracle, Aimée lui parle, elle prononce pour lui des mots qu'il ne comprend pas, tellement ça l'émeut. Il ne sait pas quoi dire alors il dit mais oui bien sûr, elle lui fait un large sourire, c'est vrai, tu es sûr, je te les rends dans deux jours, lavées-séchées.

Mohammed-Ali ne sait pas de quoi il s'agit, attends, tu peux répéter, il lui dit, elle sourit encore, tes chaussettes, celles que tu me prêtes pour le sport, je te les rends dans deux jours.

Ah oui bien sûr, pas de problème, il dit. Attends je vais les chercher dans le vestiaire.

Il ferme la porte, il agit vite, il enlève ses chaussures, retire ses chaussettes de sport, il n'en a pas d'autres, il les met en sport et il les garde ensuite, alors il se retrouve pieds nus dans ses baskets, rien à battre, il descend le bas de son survêt pour que ça ne se voie pas.

Il ressort, il les lui donne, il sourit largement lui aussi.

Merci, elle dit Aimée, c'est super que tu aies une deuxième paire, tu prends toujours deux paires ?

Mohammed-Ali est pris au dépourvu, il bafouille une disquette, ouais, tu sais, j'ai toujours deux paires, au cas où, pour les ampoules.

Vraiment merci, tu me sauves la vie.

Elle file vite en cours, pour ne pas être en retard, Mohammed-Ali la suit, un peu derrière, il met un petit temps pour redémarrer. Il ne voit qu'Aimée, devant lui.

Lina et Margaux n'ont rien perdu de la scène, elles se regardent en mode petit sourire.

Tu vois, elle dit Lina, là je viens de comprendre un truc.

Elles rigolent.

Frédéric arrive à la soirée un peu nerveux. Il s'est mis une chemise cool et ses baskets neuves pour faire bien, il y a des filles qui lui plaisent ce soir. Pour la première fois il a dans sa sacoche des petites barrettes de shit prédécoupées, préemballées. À la maison il s'est entraîné à rouler, il a collé les feuilles, il a émietté le shit qui était bien gras et qui sentait fort, il l'a mélangé au tabac et il a roulé. Ensuite il a aéré sa chambre, Margaux est une poukave, elle pourrait tout dire aux parents. Ou lui piquer son shit pour faire sa belle. Il a trois joints de prêts, pour la démonstration.

Celui qui organise la soirée habite une grande maison du centre-ville, une demeure imposante qui rappelle qu'en banlieue aussi il y a des bourgeois, son père est notaire, il a été candidat à la mairie, pour la droite. Il a perdu. Il est en voyage et Paul a la maison pour lui tout seul, avec autorisation spéciale d'y organiser une fête. Il était bien stressé, le Paul, il a limité à trente personnes, ça fera pas plus de quarante avec l'incruste, Frédéric est content d'être invité, ce n'est pas le cas de toute sa classe, ça montre bien que les efforts faits depuis le début du lycée marchent un peu. Au collège il n'aurait jamais été invité.

La lumière est tamisée dans le salon et il y a de la musique, personne ne danse encore, il y a des groupes qui sont formés et ils discutent. Frédéric ne sait pas trop où aller. Sa bande de potes n'est pas encore là. Ils ne sont pas tous invités. Pour se donner une contenance il prend une bière, elle n'est pas très fraîche, et en vrai il n'aime pas trop ça, la bière. Il attend encore un peu avant de sortir son joint. D'autres personnes arrivent encore. Il y a pas mal de filles de L, des trop belles. Il se dit c'est le moment, il sort son joint, il l'allume, il tousse un peu. Quatre ou cinq personnes se rapprochent de lui, attirées par l'odeur. Il fait tourner. Il est pas mal mon shit, non ? Il essaye de dire ça de la façon la plus cool possible. Une fille rigole. Elle lui touche un peu la main en lui prenant le joint. Elle le regarde dans les yeux en aspirant sa bouffée et elle souffle lentement la fumée, l'air absorbée. D'un coup Frédéric a très chaud, je sors faire un tour, il dit.

La fille qu'il a repérée le suit, elle a chaud elle aussi. Il sort son deuxième joint, il a abandonné le premier presque terminé au groupe de fumeurs de l'intérieur. Tu en as un deuxième ? Elle lui sourit. Celui-là on se le fume rien que nous deux, il lui dit. Il se dit je suis un prince je suis un putain de grand prince. Un mec sort et les rejoint, il embrasse la fille sur la bouche. C'est mon copain, ça te dérange pas qu'il fume avec nous ? Frédéric est vraiment un prince immense, le plus grand prince de la terre, il est dégoûté mais il dit oui, pas de souci, salut gros, il te plaît, mon shit ? Ils restent là deux ou trois minutes, à fumer sans se parler, le mec a passé son bras autour de la taille de la fille, elle autour de ses épaules, elle est plus grande. Bon, j'ai un peu froid, il dit Frédéric, je rentre, je vous laisse le joint. Il est grand prince mais il ne veut pas tenir la chandelle.

Ensuite le reste de la soirée il attend, il discute un peu, il boit un peu, il danse un peu. De temps en temps quelqu'un vient le voir, ils sortent dans le jardin, il vend une barrette. Il met l'argent dans la poche arrière de son jean.

Au final, il ne s'est pas tellement amusé, mais il a tout vendu. Il n'est sorti avec aucune fille, mais elles lui ont témoigné plus d'intérêt que d'habitude. Enfin, il a l'impression. Ce sont surtout des mecs qui lui ont acheté son shit.

Le soir, il compte, il prend sa part. Ça n'est pas grand-chose mais ça lui payera quelques cinés et quelques grecs. Demain il retrouvera Ilyès et Sofiane au lycée, il ira dans la cour du lycée professionnel, et il leur donnera un journal avec scotchée dedans une enveloppe et l'argent. Il faut qu'il pense à récupérer dans le salon un vieux numéro de *L'Équipe* de son père.

Lina a voulu faire rire toute la classe et maintenant il faut y aller, il faut le faire, cet exposé. Ils sont pris au piège. Mohammed-Ali trouve qu'elle abuse, quand même, de lâcher une idée sans réfléchir aux conséquences. Margaux surtout était énervée contre sa copine, elle passe déjà pour une bourge à cause de son nom, alors que c'est pas sa faute, Michotte c'est le nom de son père, c'est ridicule, ça fait chochotte, et de Zeelle c'est le nom de sa mère, c'est pas noble, c'est hollandais, elle se demande pourquoi ils ont absolument voulu qu'elle ait leurs deux noms. Si en plus on croit qu'elle est lesbienne, c'est clair, elle sera vraiment la fille bizarre. C'est leur premier après-midi de travail sur le projet de Mme Savanier ; Lina, Margaux et Mohammed-Ali sont à la médiathèque, dans la salle exprès où on a le droit de parler. Ils ont commencé à chercher un peu sur internet, ils ont demandé, timides et gênés, des idées de livres sur le sujet à la bibliothécaire. Elle leur a répondu normalement, comme s'ils se renseignaient sur des annales du brevet. Sur internet ils ont trouvé le programme du festival, une adresse mail des organisatrices, il reste à rédiger un message, à l'envoyer, à réfléchir à quel jour ils pourraient y aller tous ensemble, comment présenter ça aux parents. Parce qu'ils n'ont pas toujours le droit de sortir, ou de se rendre à Paris tout seuls, sans adultes.

C'est l'avantage de la drôle d'idée de Lina, cette excursion tous les trois dans le RER et le métro. Il y a un côté aventure, ça leur plaît. Margaux fait sa maline, elle est allée avec sa cousine à Disneyland, elle est plus vieille sa cousine, n'empêche c'était vraiment bien. Ils ont quand même bon espoir de convaincre les parents, parce qu'il y a une formule magique, c'est pour l'école, en général ça marche.

Ils travaillent, donc, et Mohammed-Ali commence à se dire que ça va, finalement, avec elles, quand soudain Margaux se permet une question complètement déplacée, hors de propos, elle abuse, en vrai.

Alors, elle te les a rendues, tes chaussettes, Aimée ?

Mohammed-Ali ne sait pas quoi répondre alors il dit, attends, c'est pas tes affaires.

Lina fait comme s'il n'avait rien dit, elle s'adresse à Margaux, wesh, elle dit, les chaussettes, il les a gardées, il les a même pas lavées pour avoir son odeur, il dort avec.

Psartek le romantique, il fait son blasé, mais il a le cœur tendre, Mohammed-Ali.

Elles se checkent, elles sont mortes de rire.

Mohammed-Ali marronne.

Vous êtes trop bêtes, les filles, elle me les a rendues lavées, mes chaussettes, Aimée, et y a rien, je sais pas ce que vous imaginez, j'ai rendu service, c'est tout, et puis vous croyez quoi, même la plus belle fille jamais je dors avec ses chaussettes sales, je suis pas un boloss.

J'aimerais bien avoir un copain, un bon copain, qui me rende service comme ça, elle dit Margaux. Mais je suis sûre que tu voudrais lui rendre service autrement.

Elles rigolent encore, il se défend, elles ne l'écoutent plus, il essaye de parler plus fort que leurs rires, sans crier non plus, ils sont à la médiathèque, il renonce, il se tait, il attend qu'elles se calment.

Elles parlent entre elles, comme s'il n'était pas là.

Meskin, il l'aime bien, Aimée, mais elle est trop grande pour lui, il lui faut la taille basketteur à Aimée.

Wesh, il faudrait qu'il soit meilleur en sport, pour l'impressionner, mais lui, il ne va pas très vite.

Elles continuent à le casser menu menu, lui il n'écoute plus, ce qu'elles disent c'est un brouhaha, il est ailleurs, il est dans sa tête, il se dit ce sont des petites connes mais elles ont raison, je n'ai aucune chance, c'est mort, elle ne me regarde même pas. Au plus il se dit ça au plus ça le pince dans le ventre, il se sent mal, il a mal, ça lui remonte dans la gorge, ça vient, de gros sanglots, il n'arrive pas à les arrêter, il pleure, ça coule fort de ses yeux, ça se balade sur ses joues, il essuie comme il peut, il met ses mains dessus, mais Lina et Margaux voient, elles ne disent plus un mot. Elles sont émues, les connes.

Lina le regarde sérieusement : c'est beau un mec qui pleure, tu l'aimes vraiment, alors.

Margaux lui touche le bras : désolées, on croyait que tu la trouvais bien comme ça, on pensait pas que t'étais dans le love.

Lina s'essuie un peu l'œil : j'aimerais trop qu'un mec un jour il pleure pour moi comme tu pleures.

Mohammed-Ali essaye d'arrêter mais il a des hoquets, et ça coule, si ça continue la meuf de la médiathèque va venir les voir, il aura encore plus la honte.

Lina lui prend la main : tu sais quoi, tu me touches, tu sais quoi, on va t'aider, la vérité, tu vas la pécho, Aimée, on va s'occuper de toi.

Alors là, Mohammed-Ali ne sait plus s'il doit continuer de pleurer ou s'il doit rire.

C'est l'enfer, depuis qu'elles ont décidé de s'occuper de lui. Dès le lendemain au collège elles sont arrivées avec des mines de conspiratrices.

T'inquiète pas, ton secret, on le garde pour nous. On dira rien. On va t'aider, on la tient notre promesse. On tient toujours nos promesses.

J'ai rien demandé, il leur a répondu. Mais elles le suivent, elles le collent, sous prétexte de préparer le travail ensemble. Elles font fuir Zako, elles se moquent de lui, elles le mettent mal à l'aise, alors il les évite, il abandonne son vieux copain.

Tout est prétexte à en parler.

Elles s'habillent bien, les lesbiennes, elle dit Lina.

Ouais c'est clair, askip les gays aussi, elle répond Margaux.

N'importe quoi les filles, c'est quoi vos généralités, là ?

Margaux le regarde de bas en haut.

Toi, vu comment tu t'habilles mal, c'est sûr t'es pas gay.

Lina en rajoute :

Vous croyez quoi, les garçons, que ça nous plaît de vous voir toujours en survêt ? Ça fait racaille, ça fait pas homme.

Les filles, j'ai sport aujourd'hui, je mets un survêt, c'est tout !

Tu connais pas les vestiaires ? Tu peux te changer, tu sais. Un petit jean serré, ça change tout.

Et puis tes cheveux, tu peux pas faire autrement ? tu peux pas te faire une coupe un peu stylée ?

Vous croyez que ma mère elle me laisse rentrer, si j'arrive avec une coupe de footballeur ?

Mais bien sûr, tu crois quoi, elle sera contente, ta mère, de voir son fils avec un peu de style.

Elles lui donnent des conseils, mets une chemise, des fois. Prends des trucs à ta taille, pas dix fois trop larges. Une belle ceinture, c'est stylé. Un petit sweat à capuche, ça fait classe. Elles disent, on vient chez toi, on regarde dans tes placards, on te dit bon, pas bon.

Il n'a pas trop envie, Mohammed-Ali, mais elles insistent, elles insistent, elles lui cassent la tête. Il faut avancer, sur leur projet, il se dit, c'est pour la bonne cause, c'est pour Mme Savanier. Et puis, il se dit, si ça me donne des chances en plus avec Aimée, pourquoi pas ? Alors il accepte.

Lina et Margaux sont venues chez lui pour travailler, soi-disant. Ses parents ne sont pas encore là, encore heureux, il ne veut pas qu'ils les voient et s'imaginent des choses. En vrai elles commencent par mettre la musique à fond sur leur téléphone, pour lui faire écouter des choses, puis elles se précipitent dans sa chambre, elles font des commentaires, trop nazes les posters, sympa ton doudou de quand tu étais petit, mais cache-le. Et puis elles ouvrent les placards. Là c'est un carnage, elles sortent tout, du pull au caleçon, elles commentent, elles font trois piles, à bannir, à garder en attendant, pas trop mal. La troisième pile est la moins haute.

Vous croyez quoi, les filles, je vais pas changer tous mes habits en une semaine ! j'ai pas l'argent.

On te demande pas de changer d'un coup, on te prévoit un plan longue durée, histoire que tu sois bien en entrant au lycée.

Tu peux mettre des survêts, mais des survêts classe. Y en a des moches et y en a des beaux.

C'est une question de style aussi, toi t'as pas le style racaille, t'as le style gentil garçon, le style intello. Assume.

Faut te choisir un style, y en a pour tous les goûts, mais si tu changes tout le temps, c'est mort. C'est zéro crédibilité.

Tu es un ado, gros, alors tu grandis tous les jours, moches ou pas, tes habits tu dois les changer tous les ans. Tu as de la chance de pas garder ces horreurs trop longtemps.

Ensuite quand même ils travaillent un peu, elles ne restent pas tard, elles doivent rentrer et lui ses parents vont arriver.

Quand elles sont parties, il retourne dans sa chambre. Il regarde les piles et dans celle à bannir il y a certains de ses T-shirts préférés, il y a des maillots de foot hyper rares. Elles n'y comprennent rien. Il soupire. Elles y comprennent quand même quelque chose, il se raisonne, il doit les écouter s'il veut plaire à Aimée. Il se creuse un trou dans la tête, il met dedans cette phrase répétée cent fois, elles ont raison, elles savent, tu dois changer.

Alors il prend la moitié de la pile à bannir, il écarte ses habits préférés quand même, il met dans un sac plastique, le lendemain, il se promet, il mettra ça dans la benne à vêtements en allant au collège.

Mohammed-Ali sort par la fenêtre, il passe la grille de son jardin, ses parents ne l'ont pas vu, il a son matériel dans son sac qu'il a récupéré là où il l'avait jeté. Il a repéré un bel endroit, sous le pont du chemin de fer, et il se prépare mentalement. Il veut poser un nouveau Rotka, il a une idée de nouveau lettrage, de nouvelles couleurs. Il trace dans la rue, personne ne peut le voir ni l'arrêter, il frôle les voitures garées sur le bord, il prend une rue peu fréquentée, il longe les petites maisons mignonnes. Il arrive sous le pont, il faut franchir un grillage pour atteindre le large pilier. Mohammed-Ali grimpe sur un transformateur électrique, les billes des bombes font du bruit dans son sac tandis qu'il se hisse et qu'il saute.

Il se chauffe en posant un Rotka à la bombe sur un bout de pilier encore vierge. Mais taguer, finalement, ça ne l'intéresse pas tant que ça. Il faut bien, pour marquer le territoire, mais ça manque d'envergure, maintenant qu'il a goûté à la fresque. Alors il s'y met, il choisit la surface de pilier qui l'intéresse, il pose à l'envers un vieux caddie de supermarché déglingué, abandonné là. Il monte dessus. Il travaille vite, recouvre en blanc les tags moches préexistants, puis il trace les contours de son lettrage à la bombe noire. Il dessine aussi les contours d'une tête de personnage, une sorte de lui en mieux, la casquette à l'envers, en train de faire un clin d'œil. Rotka est là, Rotka pose où il veut.

Il avance bien mais il n'arrête pas de penser à Aimée ; Lina et Margaux lui ont retourné la tête, il se disait c'est impossible et maintenant il a un peu d'espoir. C'est vrai que je pourrais faire plus attention à comment je m'habille, il se dit. C'est vrai que je suis peut-être à un âge où le style ça devient important. Les marques ce n'est pas trop son truc, ça ne l'a jamais trop intéressé, mais après tout, il devrait peut-être s'y mettre. C'est pas seulement une question de marques, elle lui a dit Lina, c'est aussi bien choisir les formes, les couleurs. Elle lui a dit regarde ton pull, il n'a pas de style, on ne sait pas dessous comment tu es, maigre ou gros. T'es pas si mal en fait, tu as du muscle pour un gars qui ne fait aucun sport, alors mets-toi en valeur, porte des habits plus serrés. Je veux pas étouffer, il lui a répondu. Elles ont rigolé. Elles ont dit être beau, autant qu'on peut, c'est se respecter.

Mohammed-Ali pense tellement qu'il lui reste à peine suffisamment d'attention pour se concentrer sur son graff, il n'a pas sa vigilance habituelle, il n'aperçoit pas les trois ombres qui montent sur le transformateur électrique, passent silencieusement la barrière, il se retourne seulement au son lourd de leurs pieds courant vers lui. Trop tard, ils le chopent.

Ils sont trois, survêt-casquette, deux plus grands que lui, tous plus costauds. Ils l'entourent.

Alors c'est toi, il dit le plus grand.

C'est moi quoi ?

C'est toi Rotka. C'est toi qui nous toyes.

Je toye personne, moi. Je fais de l'art.

Tu crois c'était qui dessous ton graff?

Mohammed-Ali commence à flipper grave, il se dit si je cours je les bouscule, je chope le grillage et je saute, j'ai peut-être une chance. Mais il sent bien que c'est impossible, les bousculer d'accord, mais il ne sera jamais assez rapide pour escalader et sauter, même en mode Spider-Man. Il se dit s'ils me tapent je ne me défends pas, ça ne sert à rien, je me protège, j'attends que ça passe.

Le plus petit de ceux qui l'entourent, mais pas le moins costaud, lui pousse l'épaule.

Ça fait longtemps qu'on te cherche, on t'a repéré.

Mohammed-Ali est surpris, il n'avait pas remarqué, entre la nuit et la casquette, c'est une fille. Elle a des mèches qui sortent et descendent sur son front, ça cache presque ses yeux, mais on voit bien à travers, pas moyen de se tromper: elle est vénère.

Tu nous as bien mis le seum petit bâtard, à poser Rotka partout, à faire tes graffs en loucedé, mais ça y est on te tient.

Mohammed-Ali ne veut pas laisser passer bâtard, mais il ne sait pas quoi dire, il pense c'est une fille, je fais quoi.

Calme-toi, il dit le plus grand, il chope le bras de la fille, il se retourne vers Mohammed-Ali.

On veut pas te faire de mal, on pourrait, on est trois, mais simplement il y a des règles à respecter. On veut discuter avec toi frérot.

Tu rigoles, on veut lui niquer sa mère, on discute après, elle dit la fille.

Le grand rigole.

Tu joues ta vie, frérot, avec Miss Sabire, c'est chaud.

Mohammed-Ali essaye d'en placer une.

Je suis désolé, je voulais pas vous toyer.

D'un coup dans sa tête ça percute. Miss Sabire, il a vu ça posé un peu partout, dans des endroits inaccessibles. Sabire en gros, de belles lettres bien rebondies, des couleurs qui pètent, et chaque fois un petit miss stylé à l'intérieur du S. C'est bien une fille, cette graffeuse qui l'impressionnait.

Il se tourne vers elle : j'aime beaucoup ce que tu fais.

Sitôt il le prononce, sitôt il pense c'est ridicule, et en effet, elle se moque, elle le refait, petite voix chevrotante, j'aime beaucoup ce que tu fais. Elle reprend sa voix de meuf qui a le seum, tu crois quoi, tu veux me faire des bisous ou quoi ? Tu veux un autographe et un selfie ?

Celui qui n'avait pas parlé regarde Mohammed-Ali les yeux bien dans les yeux, on est des légendes, frérot, nous trois là, devant toi, on déchire, t'as même pas idée. Devant toi, tu n'en crois pas tes yeux, frérot, mais tu as Miss Sabire, la vraie, celle qui plaisante pas, tu as Balek, il montre le plus grand, ennemi public numéro un de la RATP, et tu m'as moi, Astr, le plus brillant soleil des graffeurs.

Il fait genre une révérence.

Tu disais je fais de l'art, tout à l'heure, mais tu n'es qu'un disciple, regarde tes maîtres, on est ACA, A Comme Artiste, la rue s'incline devant nous, les murs tremblent, les façades réclament notre peinture. Le graff c'est nous et que les autres retournent à leurs crayons de couleur.

La peur de Mohammed-Ali se transforme en excitation, ça fait un bon moment qu'il voit ces noms sur les murs, Miss Sabire, Balek, Astr, des plombes qu'il a remarqué leur nom de groupe, ACA, à un seul endroit, le long du canal, décliné sur plusieurs mètres dans son intégralité, A Comme Artiste. Il les rencontre en vrai, ils peuvent le taper, ils peuvent se moquer, il s'en fout.

Tu sais, il fait Balek, tu es un petit con, mais nous aussi on est passés par là. Par la phase je recouvre tout, je respecte rien. Écoute, on va arrêter de faire les méchants, on t'explique : c'est pas mal ce que tu fais. Reste pas seul. Rejoins-nous, on va t'apprendre.

Mohammed-Ali bégaye, il dit moi je serai avec vous, dans ACA ? Calmos, il dit Balek, tu rejoins pas ACA comme ça, tu traînes avec nous, d'accord, tu fais tes trucs, on regarde, et si tu fais tes preuves pourquoi pas, mais pas tout de suite. Simplement tu fais gaffe où tu poses, tu toyes pas, tu déclenches pas des guerres.

Mohammed-Ali en a perdu la voix, il fait oui de la tête, très très vite, Miss Sabire a l'air encore un peu en colère, il n'ose pas trop la regarder, on prend ton 07, il dit Balek, on doit faire une fresque samedi sur le canal, on te donnera rendez-vous, si tu veux venir voir notre session.

Ils s'en vont et Mohammed-Ali reste tout seul avec son graff et son petit personnage, il rajoute deux trois coups de bombe, il a fini, c'est pas si mal.

Il se disait, jamais je ferai partie d'un groupe, je reste tout seul, mais il est bien content, finalement, qu'ils lui aient proposé.

Il a un petit sourire bête sur les lèvres, avec eux, je vais apprendre de ouf.

Ilyès et Sofiane lui ont dit rejoins-nous à la cité, on sera à notre four habituel, on sera tranquilles posés pour discuter.

Il n'est pas complètement rassuré, Frédéric, ça se capte direct qu'il n'est pas d'ici, les petits du chouf le regardent bizarrement, alors quand il voit Ilyès et Sofiane il accélère vers eux. Il y a deux tabourets posés là, pour le confort du four, un en bon état et un déglingué. Régulièrement les dealers récupèrent des chaises, des canapés défoncés, des fauteuils mités, et régulièrement la mairie ou la police les enlève, les balance à la décharge.

Ils se checkent.

Ça va les frérots ?

Et toi frérot ça va ?

Tu as bien vendu, la dernière fois, c'est bien.

C'est bon pour nous, c'est bon pour toi, on fait gagnant-gagnant. Si un jour tu veux arrêter, tu arrêtes, mais ça serait dommage.

On a un nouvel arrivage, de l'herbe, de la pure herbe qui vient du Maroc, c'est de la tuerie mon frère. Tu veux goûter ?

Frédéric veut bien. Ça l'a stressé de venir ici alors il a bien mérité un petit joint.

Ilyès met la main à la poche, il roule lentement, il place l'herbe sans en perdre une miette, il a des petits coups de langue rapides et efficaces. Le joint est prêt, il a une belle forme de cône et il sent bon. Sofiane sort un briquet, et Ilyès d'un coup range le joint dans sa poche arrière, Frédéric se retourne, il se dit merde, les flics, mais non, c'est un vieux qui arrive, il s'assoit à côté d'eux, il dit bonjour à Ilyès et Sofiane en leur serrant la main puis en la portant sur son cœur, il salue Frédéric de la tête. Il a vraiment une tête de vieux qui a travaillé dur toute sa vie.

Alors les garçons, il leur dit, vous êtes bien, là dehors, vous prenez le bon air, c'est bien, vous avez l'air en bonne santé, hamdulillah, vous êtes des bons garçons.

Merci, tonton, il dit Sofiane, on peut pas se plaindre, hamdulillah.

Et vous ne me présentez pas votre ami ? Comment il s'appelle votre ami ?

Je m'appelle Frédéric, monsieur.

Il est dans notre lycée, tonton, il est en classe scientifique, il travaille bien à l'école.

C'est bien ça, que vous soyez copains avec un bon garçon comme ça, continue, mon garçon, faut bien travailler à l'école, c'est important.

J'essaye, monsieur, je fais ce que je peux, c'est pas facile, la section scientifique.

Ilyès lui fait des gros yeux derrière le vieux, du genre tais-toi, arrête de parler sinon il va rester. Le vieux ne remarque rien, il dit vous avez mis des petits tabourets, c'est bien, c'est confortable, je m'installe, je m'assois un moment avec vous. Sofiane se lève aussitôt, il lui donne le bon tabouret, il lui dit assieds-toi tonton, mets-toi bien.

Le vieux commence à leur parler, vous êtes de bons garçons, il y en a dans le bus qui ne me laissent pas leur place, mais vous êtes de bons garçons, ça se voit, vos parents vous ont bien élevés, c'est bien, c'est rare de nos jours, il y a des jeunes qui parlent mal, qui crachent par terre, il y en a qui boivent et qui se rendent malades.

Il continue, il ne s'arrête plus, il leur dit qu'il est fatigué, il a mal au dos parce qu'il a beaucoup travaillé, il a travaillé sur les voies, pour les trains, quarante ans il a travaillé et pour bien moins que les Français, et des tâches plus dures, sur les voies par tous les temps, à charrier du ballast, à souder quand il fallait souder, à réparer, à enlever les objets qui coinçaient, et c'était dangereux, comme métier, il en a eu des camarades de travail qui ont eu des accidents, et qu'il pleuve ou qu'il neige ou qu'il vente ils y allaient eux, les Marocains, on les avait recrutés pour ça alors ils y allaient.

Il touche ses cheveux blancs et il dit on nous appelait les chibanis, ça veut dire cheveux gris en arabe, on a fait un procès à la compagnie ferroviaire, parce qu'on n'a pas été payés comme on aurait dû, on n'a pas nos retraites comme on devrait, ça a duré des mois, le procès, il y en a qui sont morts et ce sont leurs veuves qui se sont battues, mais on a gagné finalement, on a gagné et ils ont dû nous donner de l'argent, c'est pas grand-chose pour toutes les belles années qu'on a passées à se casser les os et les muscles sur les voies, mais ça fait plaisir.

Sofiane, Ilyès et Frédéric se regardent, c'est intéressant ce qu'il leur raconte le vieux, mais c'est long, ils voudraient fumer leur joint tranquille mais Frédéric comprend que devant lui ils n'osent pas, ça ne se fait pas de fumer son joint devant un vieux si vieux, c'est même pas un daron c'est un grand-père, et la vie qu'il a eue, ils ne veulent pas en plus allumer leur kif sous ses yeux, lui empoisonner les narines, même si peut-être que ça ferait du bien à ses vieilles douleurs d'aspirer une taffe ou deux.

Alors le vieux continue, de temps en temps il en attrape un et il lui frictionne le cou en disant qu'ils sont des jeunes bien, heureusement qu'il y en a encore, il leur dit nous nos vies elles ont été dures mais vous c'est plus facile, vous allez à l'école, vous allez au médecin, vous, on ne vous mettra pas sur des voies.

Ils n'osent pas le contredire ni dire quoi que ce soit qui pourrait le faire continuer, ils courbent tous les trois le dos et ils attendent, ils répondent poliment. Finalement au bout d'un moment Frédéric regarde l'heure, il est en retard, il doit rentrer chez lui, adieu beau joint, adieu herbe nouvelle venue de loin, il bafouille, je dois partir, désolé, il salue le vieux et il salue Ilyès et Sofiane, il se retourne en partant et il voit les deux frères, résignés, l'un debout et l'autre sur le tabouret déglingué, ils entourent le vieux et ils attendent, ils écoutent, Sofiane lève la tête et le regarde, il a les yeux qui disent on est coincés, frérot, on quittera pas cet endroit avant qu'il ne l'ait décidé, c'est mort frérot. Et juste après Frédéric croise le regard du vieux et il est presque sûr d'y apercevoir un éclat moqueur.

Mohammed-Ali fait couler l'eau de la douche sur sa tête, il la renverse et il ferme les yeux, ça fait du bien, il a grave transpiré au sport et il n'aime pas trop se laver devant les autres. Il se dit j'ai macéré toute la journée, faut plus faire ça, si jamais Aimée elle me parle, elle s'approche trop près et moi je sens le fauve, la hchouma.

Il se savonne, il se frotte bien pour enlever la sueur, il fait méticuleusement, membre après membre, bout après bout, comme il a appris tout petit. Il prend bien le temps sous les aisselles et entre les jambes, c'est là que les mauvaises odeurs se nichent. Depuis quelque temps il a des poils, quelques-uns, sous les bras, sur les couilles. Il ne les aime pas ses poils. Il les déteste autant que le duvet sur sa lèvre, pas aussi visible que celui de Zako, moche quand même. Chaque fois qu'il prend sa douche il y a des poils qui tombent et il est bien content. Il les arrose pour qu'ils disparaissent dans la bonde, qu'ils filent loin loin dans les tuyaux.

Qu'ils se fassent étouffer par la crasse et les bulles de savon, qu'ils aillent faire leurs maudits nœuds au fond des égouts, qu'ils filent avec les cours d'eau et qu'ils périssent dans la mer, recouverts de sable. Les footballeurs à la télé, les acteurs, sont si glabres. Quand je serai plus vieux, si ça continue à pousser, je me ferai épilation intégrale, il pense Mohammed-Ali. Je paierai cher, je m'en fous. C'est trop dégoûtant.

Je ne suis plus un enfant, avec ces poils, il se dit Mohammed-Ali. Mais je suis quoi ? ça me dépasse. J'ai encore envie de jouer, de délirer comme un gamin. Je veux qu'on me prenne au sérieux, qu'on m'écoute. Elles sont sérieuses, mes histoires du collège. C'est pas pour rigoler. Je ne suis plus un enfant, j'ai compris. Je ne suis pas un adulte. Il déteste ce mot, adolescent. Ado, c'est encore pire. Ça fait crise d'ado. Il n'est pas en crise, lui. Il aime ses parents. Ado, ça fait moitié-moitié, mal formé, bric-à-brac.

Les pinces à épiler ça fait trop mal, il ne peut pas les arracher. Il a déjà essayé, au début, quand il y en avait deux ou trois. Mais tu en arraches un, il en repousse trois. Ils débarquent, ils s'incrustent, ils colonisent sa peau autrefois lisse. Il sort de la douche, il s'essuie, il met vite son caleçon, que les poils disparaissent, son T-shirt.

Il va voir son père. Papa, je veux me raser, je veux que tu m'apprennes à me raser. Son père est dans le salon, sur son téléphone, sa mère pas loin, elle arrive, qu'est-ce qui se passe ?

Il veut se raser.

Mohammed-Ali pense poukave, jamais il ne le dirait.

Sa mère le prend dans ses bras, mon petit garçon, mon petit garçon, tu es devenu grand.

Justement ce qu'il voulait éviter, il aurait dû penser, il aurait dû réfléchir, y aller quand son père était seul, mais s'il avait réfléchi, il aurait attendu encore des semaines, jusqu'à atteindre le point procès-Gillette, le point on se fout de ta gueule à cause de ta moustache, le point Zako-et-les-filles.

Viens, il dit son père, je vais te montrer, si tu penses que c'est le moment.

Ils retournent dans la salle de bain, tous les deux, son père ne remarque même pas qu'il a tout mouillé par terre et rien essuyé, le moment est trop solennel, il apprend à son fils à se raser.

Il sort un rasoir mécanique, il change la lame, il lui dit voilà l'instrument, certains utilisent le rasoir électrique, je préfère ça, à la main. Il a un petit savon dans une coupelle, un savon à barbe, il l'humidifie, et puis il lui passe un petit toupet sur la peau, avec le savon.

Tiens, prends-le en main, ton rasoir, voilà, tu regardes bien dans la glace, tu passes la lame comme ça, tout doucement, dans le sens du poil, puis dans le sens inverse, pour bien tout enlever. Tu n'appuies pas trop fort pour ne pas te couper.

Ça a duré trente secondes et son duvet a disparu. Il n'a pas existé assez longtemps, pas assez long, pour qu'on se moque de lui.

Voilà, il dit son père, demain j'irai au supermarché, je t'achèterai un rasoir, et des lames, tu peux prendre mon savon à barbe si tu ne le laisses pas plein de poils. Au début ça ne repousse pas vite, tu l'utilises quand tu en as besoin, tu peux te mettre de la lotion hydratante, ensuite. Et quand tu devras te raser le menton, tu fais pareil.

Il se regarde, c'est vraiment mieux, il sort de la salle de bain, sa mère l'attend, elle le prend dans ses bras, elle passe son pouce sur sa lèvre, que tu es doux, mon fils.

Mohammed-Ali se dégage, il n'est pas très à l'aise, je vais dans ma chambre, il dit, j'ai du travail pour le collège. Il se met sur le lit, écouteurs dans les oreilles, il met un premier morceau sur YouTube puis il laisse s'enchaîner la musique.

Le lendemain, il est à peine dans la cour que Lina et Margaux lui sautent dessus, c'est bien, tu nous écoutes un peu, pour les habits, il est mieux ton T-shirt, plus à ta taille. Mais attends, elle dit Lina, mais regarde-moi, mais tema le gosse beau ! Elle prend les mains de Margaux, il l'a fait, psartek, tu es un bonhomme, maintenant, tu fais partie des mecs-ils-se-rasent, tu n'es plus un petit-poussin-à-duvet.

Mohammed-Ali aimerait que ça passe plus inaperçu, cette transition, calmez-vous les filles, il leur dit, c'est mon père il a voulu me montrer, j'en avais presque pas, de la moustache.

Lina lui prend les épaules et elle l'implore avec des yeux de manga, steuplé, dis à ton pote, Zako là, dis-lui qu'il se rase aussi. Sa moustache bientôt on dirait un balai, c'est trop moche, ça m'agresse trop.

On avait dit stop avec Zako, il dit Mohammed-Ali.

Les filles jurent sur le Coran de La Mecque, c'est pour son bien, mais une promesse c'est une promesse, elles n'en parlent plus. De toute façon ça sonne, il faut aller en cours.

Discrètement Mohammed-Ali frotte sa lèvre devenue douce, il y a quand même des micro-points de repousse, il se regarde à la dérobée, dans le reflet d'une fenêtre. C'est mieux, quand même. Il en parlera à Zako. Il lui montrera comment faire.

Mohammed-Ali sort de la maison, sa daronne lui demande où il va, il marmonne à la médiathèque, il se dit si elle n'entend pas, ça n'est pas vraiment mentir, il prend son vélo, ouvre le portillon, il pédale à fond pour vite les retrouver. Ses amis d'ACA lui ont dit retrouve-nous le long du canal, on va faire une session. Il connaît bien cet endroit, ça lui rappelle des souvenirs. Il pense aux jeux pour enfants où il allait avec sa mère et ses petits frères, histoire de sortir du jardin. Et puis du temps encore avant où ils n'habitaient pas en pavillon, le square c'était leur jardin. Il pense aux balades plus tard en famille, chacun son vélo, sauf au début, un petit frère sur chaque porte-bagages, ils allaient dans la ville d'à côté voir l'oncle et les cousins, quand il faisait beau. Même tout seul, il l'a pas mal arpentée, cette piste cyclable le long du canal, c'était parfait pour apprendre à en faire vraiment, du vélo, ici pas de voitures à éviter, seulement quelques joggeurs. Il passe les machines installées là pour ceux qui veulent du muscle, ils sont plusieurs à travailler les pecs, les abdos, ils se font du mal mais ça leur plaît. Que des mecs, des grands gaillards en survêt ou en short. Il faudrait que j'y aille, il se dit Mohammed-Ali, ça serait bien que j'aie plus de muscles, ça plaît et ça impressionne. Il n'ose pas trop encore, il est trop gringalet.

Avec tout ça il dépasse presque le lieu de rendez-vous, heureusement il voit Balek et Astr qui sont déjà là, ils sortent les bombes des sacs. Il s'arrête, il range son vélo, il les checke. Miss Sabire est en retard, apparemment c'est normal.

Balek essaye d'assembler des tiges métalliques et il a du mal, Astr vient l'aider, finalement ils ont deux tiges avec au bout des rouleaux. Mohammed-Ali ne pose pas de questions, mais il se demande. Balek lui explique.

On va faire une fresque, ici, mais tu vois, il y a des anciens graffs, il y en a des abîmés, il y en a des moches, alors on repasse, ceux-là on peut les recouvrir, on met une bonne couche de peinture dessus pour que dessous ça soit propre quand on fera nos graffs. C'est le cloud, le fond de ton graff.

Balek lui met une tige dans les mains, il y a un gros seau de peinture argentée, il lui explique comment le tremper dedans, puis il faut tartiner le mur. C'est facile, Mohammed-Ali fait ça bien, doucement, il se dit, bon, je suis encore apprenti, ils me mettent au gros œuvre.

Astr est aussi bavard que d'habitude, il se lance dans une tirade sur la liberté d'expression, tout le monde en parle depuis les attentats contre *Charlie Hebdo*, c'est vrai c'était horrible, mais nous aussi, il dit, c'est la liberté d'expression, ce qu'on fait sur les murs, on devrait pas craindre des amendes.

Il s'interrompt seulement parce que Miss Sabire arrive à rollers, elle ne s'excuse pas d'être en retard ; les gars, vous commencez sans moi ? c'est tout ce qu'elle dit, puis elle sort ses bombes, elle attend que Mohammed-Ali et Astr aient fini de recouvrir le mur.

Au bout d'un moment Mohammed-Ali a mal aux bras ; il repense aux machines le long du canal, il devrait vraiment y faire un tour, un peu de peinture dégouline sur ses baskets, il pose le rouleau et prend vite des mouchoirs, pour que ça ne reste pas taché.

Je te relaye, va. Balek prend le rouleau, il s'y met.

Mohammed-Ali frotte comme un fou, il ne veut pas abîmer ses chaussures.

Frédéric a compté cinquante abdos, vingt pompes, du gainage pendant deux minutes, et maintenant il prend des poses devant le miroir de la salle de bain, il essaye de contracter pour voir si ça lui fait les tablettes, pas encore, ça viendra. Il se regarde dans la glace, il se dit je suis beau gosse, il essaye d'oublier les boutons, il fronce les sourcils, j'ai l'air méchant, il se dit avec l'air méchant j'aurai l'air plus beau, il roule des épaules, je m'en fous, je vends du shit, ça impressionne, ça suffit, les filles elles vont tomber.

Ça tape à la porte, c'est Margaux, elle dit tu en as pour longtemps, s'il te plaît Fred j'ai besoin des toilettes, il ne répond même pas au début, mais elle insiste, ça va c'est bon, il dit, il peut pas sortir comme ça il pue de son sport, alors il se met dans la douche, il n'entend même plus ce qu'elle dit entre le bruit de la douche et l'épaisseur de la porte, elle frappe encore, de plus en plus fort, il ne se presse pas plus que d'habitude, elle me fait chier il se dit, elle me fait tout le temps chier, quand il sort de la douche et qu'il prend sa serviette il l'entend encore, elle le supplie, elle l'insulte, putain tu comprends pas, putain je dois y aller, en plus j'ai mes règles, elle le saoule, fais pas ta meuf, il dit, fais pas ta grosse meuf. Sa mère rapplique, tu as cinq minutes Frédéric, arrête d'embêter ta sœur, pas une minute de plus, et toi arrête de pleurer.

Alors il se dépêche et il la traite entre ses dents ; il se met du déo et il s'habille, il hésite entre deux T-shirts, tant pis, il met le premier, un peu de gel dans les cheveux, il sort furax, tiens, la voilà, ta salle de bain.

La famille, bat les couilles, ce soir il va à sa soirée.

La peinture est encore luisante, le travail est terminé et bien fait. Ils ont posé Nadir, en gros, avec la tête d'un gars mal rasé à côté, ils ont signé de leurs trois noms. Mohammed-Ali n'a pas mis le sien, il n'a pas fait grand-chose, simplement étalé au rouleau la peinture sur le mur, il ne peut pas prétendre à plus. Ils lui ont expliqué, Nadir c'était un ami, il ne graffait pas mais ils le connaissaient tous les trois. Il est mort il y a un mois, il s'est tué avec sa moto. Big up.

Il n'est plus là, il dit Astr, mais nous on met sa tête sur le mur du canal, pour que tout le monde se souvienne. Ils prennent des photos, ils enverront à ses parents, à son frère.

Ils sont contents, ils sont émus. Mohammed-Ali aussi d'avoir participé, même s'il ne le connaissait pas. Il se dit que bientôt, quand il aura progressé, il fera une fresque en l'honneur d'Aimée, il se le promet, peut-être même avec sa tête, elle aussi. C'est beau, de représenter un mort, mais faire une vivante sur le mur, ça pourrait déchirer. Il pense je figerai sa jeunesse et sa beauté avec ma peinture, et il se sent ridicule, romantique.

Reste avec nous, il dit Balek, on se fait une petite chicha. Ils se posent sur le canal, Astr sort le matériel, le narguilé, le charbon, le tabac. Il entoure le charbon de papier alu et il allume, il y a un peu de vent alors ce n'est pas facile, il insulte la grand-mère du narguilé et puis finalement ça prend.

J'ai jamais fumé, il dit Mohammed-Ali.

Le narguilé c'est pas fumer, il dit Astr.

Miss Sabire le pousse, dis pas n'importe quoi, c'est du tabac, c'est pas bon pour la santé, comme la clope, mais il y a un goût parfumé, si c'est une fois par semaine, ça va. Mais je veux pas te voir avec une cigarette, Rotka, t'as compris ? t'es trop jeune.

Mohammed-Ali s'était promis de ne jamais fumer de cigarette, mais il ne s'est rien dit pour le narguilé, ils sont tous les quatre ensemble, ils ont bien travaillé, c'est sympa, alors il prend le tuyau et il aspire, c'est vrai que ça a bon goût, il ne veut surtout pas tousser, ce serait la honte, il se retient, il tousse encore plus fort.

Les autres rigolent, il commence à faire moins jour. Il ne fait pas trop froid. Astr dit on est comme autour du feu, je vais vous raconter une histoire, l'histoire, celle des plus grands graffeurs de notre ville.

Il fait un porte-voix avec ses mains et il proclame :

Les frérots, sœurette, je vais vous raconter l'histoire, la grande histoire, l'histoire du temps d'antan de la guerre incroyable entre ACA et CM9-3

A Comme Artiste et Carton Mural 9-3

Les deux plus grands groupes de graffeurs que cette terre ait connus

Les plus impitoyables toyeurs

Les auteurs de fresques incroyables

De sessions mémorables

En ce temps du temps d'antan
Les murs étaient encore vierges
Ils étaient gris, ils étaient blancs
À peine recouverts parfois par des affiches
Dessus pour la plupart de sales gueules très vite oubliées
Et puis les tagueurs sont arrivés
Les graffeurs
On a repeint la ville
C'était grand c'était bien.
Sauf que
Sauf que chacun voulait son territoire
Chacun voulait son terrain de chasse
Chacun voulait niquer ses murs
Ses propres murs
Il ne fallait pas rester seul
Sous peine de se faire éclater.
Deux clans ont surgi
ACA et CM9-3
Il n'y avait plus que nous
Il fallait le label, l'un ou l'autre, pour sortir
Les autres on les recouvrait
On les tapait si on les voyait
Les meilleurs nous rejoignaient
Ou partaient faire les bouffons chez CM9-3.
Chaque nuit on sortait les bombes
On recouvrait
On faisait de notre mieux pour que ce soit beau
Pour que ça se voie
On allait toujours plus haut toujours plus dur

En hauteur, en largeur
En lettres et en couleurs.
Je suis monté sur le pont de l'autoroute
En bas c'était le vide
Le pont vibrait du troupeau furieux des voitures
Je n'avais pas peur
Je traçais mes lettres
Je choisissais mes couleurs
Je mettais mon aiguille dans la bombe pour déterminer la largeur du jet
Puis je suis reparti comme j'étais venu
En marchant le long du vide
Je m'en battais les couilles
De tomber
De mourir
De finir paralysé
Je m'en battais les couilles parce que ce que je faisais c'était beau c'était au-dessus
Ça allait rester longtemps longtemps
C'était de l'art.
Alors quand les salauds d'en face recouvrent ta fresque
Quand ils signent d'un CM9-3
Tu veux les niquer
Tu veux leur faire bouffer leur peinture
Tu veux enfoncer leur bombe sous leurs aisselles et tourner.
On se partageait la ville mais il y avait des points de friction
Où on ne respectait plus rien
Ni l'œuvre de l'autre
Ni sa gueule

Il fallait bien régler ça.
Pour ACA il y avait
Rico un Portugais qui dessinait souvent le drapeau
Ramzi le seul teubé qui taguait son prénom
Mais c'était beau alors on pardonnait
Nikita il avait vu le film et ça l'avait niqué
Il y avait Ronje Lex Bat Louxor Tchet Elias Mako
Des noms symboliques ou bien choisis pour le lettrage
Pour les lettres qui s'enchaînent bien
Si possible pas plus de trois ou quatre pour vite les tracer
Sauf Nabuchodonosor, le tag le plus long
Il n'a pas mis longtemps avant de se faire serrer
C'était débile ce blaze.
Et puis bien sûr il y avait
Balek
Pour bats les couilles
Et Astr, pour vous servir, le plus brillant, le plus haut.
Du côté de CM9-3
Leurs chefs étaient Taras et Alien
Il y avait aussi Tibour Renzo Xor Aztek Zinc Sire Taz Omzi
Tous des gars
Tous des gars sûrs
Il n'y avait pas de filles
S'il y avait des filles elles regardaient
Elles se tenaient à nos bras, à nos coudes, elles nous embrassaient
On était les rois des murs les rois des ponts les rois des piliers
Les rois des courses-poursuites avec la police
Faut jeter la bombe, sinon la bille tinte et te fait repérer

Pire qu'un GPS collé à ton cul.
CM9-3 on les aimait pas
Un jour on a dit il faut régler ça
Rendez-vous au skatepark
Ils étaient là, on était là
Mais ils avaient rameuté des mecs des cités
On s'est dit tant pis on y va
On se tapait à coups de bombe
À coups de poing et de pied
Ils savent se battre les mecs des cités
Certains parmi nous ont eu peur
Ils se sont enfuis
Tchet était par terre, il saignait
Louxor mal en point, trois sur lui,
On allait perdre.
Alors Lex a sorti un calibre
Il l'a pointé vers le ciel et il a crié dégagez sales fils de putes
Et tout s'est figé
Les coups se sont arrêtés
Les fils de putes se sont reconnus
Ils sont partis en courant
Les trous du cul de CM9-3
Les mecs des cités
Les bagarreurs et les prétendus rois des graffeurs
Quelqu'un a crié merde il a un flingue et ils sont partis en courant
Lex a baissé son arme vers ceux qui s'enfuyaient
Il a redit fils de putes
Il saignait de l'arcade

Il tremblait
Bat a dit ça va trop loin
Balek a dit range ton calibre t'es un ouf toi
Elias a dit où tu l'as eu ?
On n'est pas restés au skatepark
On avait gagné la guerre
Mais la guerre est amère.
Lex partait en couilles
Ils l'ont chopé, une autre fois, ils l'ont tapé vraiment fort
Il n'avait pas son calibre
Il est parti à l'hôpital.
Juste après c'était l'été
Il faisait très chaud
On sortait moins
À la rentrée CM9-3 n'existait plus
Alors on s'est dit ça suffit
C'est allé trop loin
Un flingue, c'est pas possible
C'est quoi la limite une fois le flingue sorti ?
Tu en sors un deuxième ?
Tu tires ?
On a discuté avec les chefs
On a dit on arrête la guerre.
Certains, des bons, nous ont rejoints
Ils étaient CM9-3 et ils sont devenus ACA
Il n'y a plus que nous
On est les seuls sur la ville
On était des rois, on est des empereurs.

Astr est essoufflé, il s'arrête, il prend une gorgée de bière. Balek applaudit lentement.

Miss Sabire n'a pas aimé son cirque, elle est pourrie ton histoire, elle dit, tu oublies des trucs, tu oublies quand nous on est apparues, nous les filles, Xena, Alet et moi, notre crew il avait pas de nom mais on posait partout, vous êtes venus nous supplier, venez avec nous, vous avez dit, on a eu pitié.

C'est quoi ta guerre, elle fait pitié ta guerre, moi mon pays le Congo il a connu la guerre, toi c'est quoi ta guerre de petits cons des pavillons, vous voyez les mecs des cités et vous tremblez, ta guerre c'était rien, une bagarre dans un skatepark, c'est pathétique, c'est rien du tout, vous avez voulu faire croire vous avez des couilles, c'est pas que vous en avez pas, c'est qu'elles pensent à la place de vos têtes. Ta guerre c'était pas une guerre et si ça s'est arrêté, c'est que Sire a déménagé, Aztek s'est fait choper par les keufs, il a pris cher, Zinc est devenu dealer, il ne pose plus, il charbonne, Lex était taré, il est resté taré, Taras s'est marié, il a trouvé un taf, il a deux enfants, il reste chez lui. Et puis Mako s'est noyé, il était poursuivi par les keufs, il a cru qu'il savait nager, il a sauté. Elle est pas drôle, ton histoire, elle est triste, elle fait chialer, mais pas parce qu'elle est grande, parce qu'elle est petite.

Astr a commencé des études d'histoire, il la ramène toujours un peu par rapport à ça, il croit qu'il a le droit de tout raconter, il se prend pour un scribe, Miss Sabire l'a haché en morceaux mais il insiste, il dit tu sais, les petites histoires font les grandes épopées, tu crois c'étaient qui Achille, Hector, Ulysse, les héros grecs, c'étaient des paysans qui se battaient pour des villages, dans des coins où il fait chaud, c'étaient des bagarres de coqs dans des bleds pouilleux et ça s'est transformé en mythe, c'est devenu Troie, la guerre de dix ans, les bateaux, le cheval en bois, les armées, Brad Pitt, Angelina Jolie, Hollywood.

Un moment on croit qu'il a repris le dessus, qu'elle n'a plus rien à dire, mais ce serait mal connaître Miss Sabire, elle réfléchit, c'est tout, faut lui laisser le temps, puis elle reprend et c'est plus perso, cette fois, moi je suis en guerre, elle dit, moi je suis la seule fille noire aux Beaux-Arts, moi je me bats pour l'art de la street, je représente, moi, c'est pas toi dans ta fac d'histoire pourrie, tes cours de glandeur, tu sèches, je sais tu sèches, moi je vais jusqu'au bout, le graff c'est pas un loisir, c'est pas un petit truc comme ça après j'arrête, moi c'est ma vie, je joue ma life là-dedans et je prends plus de risques que toi et tes bagarres.

Astr se rend bien compte qu'il ne peut pas s'en tirer en faisant le pitre, ni en faisant le vénère, alors il reprend une taffe de narguilé.

Ça vole haut, il se dit Mohammed-Ali, il est fier de traîner avec eux, il est le petit, mais ils l'ont choisi, ils lui font confiance, ils pensent qu'il a du talent. Il apprend, il emmagasine.

Balek fait le casque bleu, moi je suis fier de vous deux, il dit, Astr tu sais bien raconter, Miss Sabire tu assures, moi vous savez je suis pas comme vous, j'ai redoublé, je sais pas si j'aurai un bac un jour, mais l'histoire ou les Beaux-Arts c'est sûr c'est pas pour moi, alors psartek, et puis y a la relève parmi nous, Rotka c'est une tête.

Il lui ébouriffe la touffe et il fait prends une taffe, Mohammed-Ali aspire, il tousse, ils rigolent tous. Même Miss Sabire. La tension retombe, bonne ambiance.

Mohammed-Ali aime bien Zako parce qu'il est chambreur mais pas fanfaron. Contrairement à d'autres garçons de leur âge, il ne passe pas son temps à parler des filles, à dire ce qu'il leur a fait ou ce qu'il leur ferait s'il les chopait. Il ne se vante pas de regarder des pornos et de faire pareil à ses copines. Il n'en cherche pas, de copine. C'est sûr, il est réaliste, il n'est pas le beau gosse incarné, mais même, ça ne l'intéresse pas.

Il dit on a le temps, on est jeunes, on a le temps d'avoir des copines. C'est pas intéressant à notre âge, ça ne veut rien dire. Il dit les mecs qui passent leur temps à draguer, c'est des relous, c'est des morts de faim. Et puis par rapport à la religion, il en est sûr, ça n'est pas très bien.

D'habitude Mohammed-Ali aime quand Zako parle de cette manière, ça le rassure, il se dit je suis pas le seul, pas le seul timide, pas le seul gêné, pas le seul à me demander si je suis encore un enfant ou bien déjà un adulte. Il ne se sent pas obligé de prouver ou de faire semblant comme avec d'autres garçons de son âge, parce que finalement ça le terrifie de se dire il faut draguer, il faut embrasser des filles, ça se présente comme un jeu mais ça lui paraît très sérieux, il n'a pas la force, il n'a pas la capacité, ça ne l'intéresse pas, il voudrait rester comme c'était avant.

Mais depuis quelque temps, depuis qu'il a des sentiments pour Aimée, il ne veut plus entendre les mots de Zako, il a l'impression d'être passé à autre chose. Il trouve Zako parfois trop gamin, il a envie de lui dire grandis un peu, ça l'énerve, parce qu'en même temps dans les défauts de son pote il se voit lui il n'y a pas si longtemps. Certaines fois, quand Zako se lance dans ses délires, ce n'est pas drôle. Quand Margaux et Lina sont dans les parages, il a du mal à se l'avouer, mais il a un peu honte.

Alors ils continuent à traîner ensemble mais ils ne font plus tout ensemble. Il le laisse un peu de côté. Il ne répond pas tout de suite à ses textos. Il le remballe vite fait, gentiment en général, mais c'est un peu cruel, des fois. Il est agacé par son pote. Il se rend compte, c'est encore un petit sentiment, qu'il préfère les discussions avec ses amis d'ACA. Tout ça, il le sent bien, Zako, il n'est pas idiot. Ça lui fait de la peine, il ne montre pas trop, mais le soir, quand il rentre chez lui et que Mohammed-Ali n'a pas été sympa avec lui, il s'en prend à son petit frère, il le jette, il lui dit dégage, tu me saoules.

Ils ne se sentent pas bien après ça, l'un comme l'autre, Zako, Mohammed-Ali, imperceptiblement ils s'éloignent et pourtant ils ont mal pareil. Ça n'est peut-être pas pour toujours, il se dit Mohammed-Ali, c'est une phase.

Le jour il y a des enfants qui jouent avec le daron ou la daronne, il y a des cris de joie et des pleurs, il y a des vélos et des trottinettes qui viennent du canal. Ça zone un peu, des jeunes qui sèchent les cours ou font du petit deal. Il connaît bien, Mohammed-Ali, c'était son domaine quand il était petit. Il a commencé par jouer aux pirates ou aux super-héros sur l'aire de jeux, puis au foot dans la grande pelouse. Ses parents préparaient le pique-nique, ils s'installaient sur une grande serviette en guise de table, ils partageaient parfois avec les cousins ou des amis. Aujourd'hui, il ne fréquente plus tellement le parc. Ça fait longtemps qu'il n'est pas venu. Surtout de nuit.

De nuit, c'est pas la même. C'est mal éclairé. Les arbres et les buissons font des ombres et des recoins effrayants. Mohammed-Ali avance comme s'il n'avait pas peur mais il se crispe parfois, quand un souffle de vent ou un bruit inhabituel viennent l'inquiéter. Il voudrait être un bonhomme mais en vrai il n'est pas rassuré.

Quand même, il a décidé de traverser le parc, pas pour trouver des endroits où poser, il n'a pas pris ses bombes. Simplement il a pris goût à sortir la nuit, à voir les endroits qu'il connaît éclairés par la lune. Il sait que ça peut être dangereux, il y a des mauvaises rencontres, il pourrait croiser une bande, un junkie, des policiers. Il sait qu'il est suspect, à sortir comme ça, il peut faire peur, mais il est aussi proie.

Il s'assoit sur un banc, le réverbère ne l'éclaire pas, il est dans l'ombre d'un grand arbre, pour le voir il faudrait passer vraiment à côté de lui. Il observe, il se dit je vais peut-être croiser des animaux, à cette heure, des renards ou des chats errants en chasse, des écureuils venus approvisionner leurs réserves.

Il aimerait bien venir avec Aimée, ici, sur ce banc, l'embrasser. Son rêve devient fou, il se dit j'irais la chercher la nuit, chez elle, elle sortirait, je l'emmènerais dans le parc, on se cacherait, personne ne nous verrait. On discuterait et on rigolerait. On se dirait des trucs que les autres n'ont pas besoin de savoir.

Il se fait son film dans sa tête, il y a même la musique, il imagine comment ils seraient habillés, tous les deux, comment ils seraient serrés l'un contre l'autre, comment ils seraient amoureux.

Il a les yeux fermés, il les rouvre, il se sent très seul, d'un coup.

Frédéric a reçu plusieurs textos pour lui rappeler la soirée, certains font référence à la beuh dont il a parlé, ce n'est pas du shit cette fois mais de l'herbe qui sent bon et dont Ilyès et Sofiane lui ont vanté la qualité. Il en a parlé autour de lui au lycée. Il veut croire que ce n'est pas pour ça que Jessica l'a invité à sa soirée. Jessica, tous ses potes en parlent, elle est belle et elle est cool, elle a de bonnes notes en classe, elle n'est pas toujours très sympa mais elle l'a invité, c'est ça qui compte.

Quand il arrive l'appartement est déjà bien rempli, c'est un nouveau truc qu'il a appris, ça, se faire attendre, ne pas arriver dans les premiers. Ça marche, on vient lui faire la bise, lui serrer la main. Les filles sont en jupe, maquillées, il les trouve toutes belles.

Il a sa petite sacoche, il se sent important, il attend qu'on vienne lui demander. Il se sert à boire, une bière, il trouve ça moins dégueulasse qu'au début. Il entend du bruit dans la cuisine et il y va, ça rigole bien, les gars se font des shots tequila-citron, ça arrache. Il veut faire le bonhomme alors il en enchaîne trois. Ça lui laisse un mauvais goût dans la bouche. Il prend un Capri-Sun, il lui faut un truc sucré, il se sent mal et il se rappelle qu'il a contrôle de maths dans la semaine. S'il veut réviser demain, il n'aurait peut-être pas dû boire. Il cherche des trucs à manger mais il n'y a que des rapaces, il reste trois miettes de chips et c'est tout. Finalement, il se dit, arriver un peu avant, quand il y a encore des trucs à manger, c'est pas mal.

Jessica rigole avec des garçons et des filles, il voudrait s'approcher mais ça tangue, finalement c'est une autre fille, une de ses copines, Asma, qui vient lui parler. Il a l'impression de dire n'importe quoi, elle est morte de rire à ses blagues, elle le prend par le bras, elle laisse sa main. Si tu veux, on va fumer tous les deux sur le balcon, elle lui dit. C'est un rêve, il y a cette super belle fille qui lui parle et il lui plaît, elle veut partager un joint avec lui, après c'est sûr elle va l'embrasser, il se demande comment ça va être, il regarde ses lèvres, elles brillent de gloss, la lumière se reflète dans ses lèvres, il se dit, c'est une illumination, cette fille. Ça y est, je l'aime, ça va vite, sa tête est une machine à laver, le tambour lui fait mal, peu importe, il sourit bêtement.

Il sort le joint de sa sacoche, il l'allume, elle fume en premier, elle aspire plusieurs taffes et elle le lui tend, il plisse les yeux, l'air important, et il aspire, et là il sent que ça remonte, il n'est pas bien, il veut vomir, pas ici, pas sur le balcon avec elle, excuse-moi, il lui dit, il ouvre la porte pour revenir à l'intérieur, ça vrille, il se dirige vers les toilettes en se dépêchant, mais pas trop vite sinon il explose sur place, heureusement il n'y a personne, c'est une vraie salle de bain, il s'accroupit et il vomit sa mère dans les toilettes, ça lui racle la gorge, ça lui tire des larmes des yeux. Asma est derrière lui, la honte, elle l'a suivi, elle lui caresse les cheveux et elle lui dit mon pauvre, il faut que tu t'allonges, elle l'aide à se lever, il se rince la bouche à l'évier, elle l'accompagne dans une chambre, il se couche direct sur le lit, au milieu des manteaux et des écharpes, je te laisse, je m'en vais, si tu as besoin de quelque chose tu me dis.

Frédéric est allongé sur son ventre, sa sacoche le gêne, péniblement il l'enlève, il voudrait la garder à côté de lui mais elle tombe au pied du lit. Après c'est très flou, il dort-pense, il voit mais c'est vitreux, des ombres de temps en temps qui passent, une d'entre elles qui se penche, ma sacoche, il pense, mais il ne fait rien, il ne peut pas bouger les bras ni ouvrir la bouche, il est mal, c'est dégueulasse, quelqu'un profite de la situation pour me chouraver ma sacoche, impossible de voir qui c'est dans l'obscurité, à travers le filtre vitreux de ses yeux. Il s'endort.

Quand il se réveille, il est une heure du matin, il y a encore un peu de musique, il a mal à la tête et sa sacoche a disparu. Presque tout le monde est parti, ça ne finit pas trop tard à cause des voisins. Il fouille un peu au milieu des manteaux, il se sent con, il n'ose pas demander aux invités qui restent, Asma n'est plus là de toute façon, il s'en va discrètement, sans dire au revoir. On lui a piqué et son fric et son herbe. Il est dans la merde.

Mohammed-Ali travaille à son bureau, il est plus tranquille que dans le salon où ses petits frères regardent des dessins animés, lui il n'avait pas le droit, à leur âge, mais les jumeaux ont plus de liberté. Ça lui profite, d'une certaine manière, ils sont beaucoup plus petits, pas encore dix ans, et les parents s'occupent beaucoup d'eux, ça lui laisse de la liberté mais parfois il aimerait qu'ils pensent davantage à lui. Il a fait tous les exercices, il lui reste une leçon à apprendre, un cours d'histoire, des dates et des événements. Ça lui plaît d'habitude, cette matière, il l'a gardée pour la fin, il a ses techniques, pour les devoirs, il commence par le plus dur. Mais aujourd'hui il n'a pas très envie, il n'a pas la tête à ça. Il pense à Aimée. Il se dit pourquoi je ne suis pas avec elle. Pourquoi je n'ai jamais embrassé une fille. Il voudrait que ça soit facile, ça serait un film où il lui mettrait la main autour de la taille, elle inclinerait la tête, leurs lèvres se rejoindraient. Il n'y aurait même pas besoin de parler, simplement des regards.

Il regarde par sa fenêtre, il y a les lumières du pavillon d'en face, et encore plus loin un grand immeuble avec certaines fenêtres allumées. Il imagine une fille, dans un de ces appartements, une fille qui le verrait, lui aussi, par sa fenêtre. Ils n'auraient rien besoin de se dire, elle viendrait le chercher, elle serait belle, il la verrait escalader la grille, venir dans son jardin. Elle lancerait des petits graviers et elle lui dirait, s'il te plaît, Mohammed-Ali, descends, ça fait longtemps que je te regarde, que je te vois, tu me plais. Ça serait facile et ça serait doux. Ils se donneraient la main tendrement. Dans sa rêverie cette fille imaginaire ressemble à Aimée. Elle ressemble à Shéhérazade, la fille qu'il aimait en quatrième.

Ils iraient au parc, il mettrait de la musique sur son téléphone, ils se poseraient sur un banc, ils partageraient les écouteurs serrés l'un contre l'autre.

Il l'inviterait au cinéma, ils achèteraient des bonbons. Ils mangeraient au grec tous les deux ou à la pizzeria. Ils iraient au Parc Astérix, ou à Disneyland, ils se taperaient des barres dans les manèges. Ils achèteraient ensemble une Minnie et un Mickey, un pour chacun, leurs peluches liées jusqu'à la mort.

Il la ferait rire, de ouf.

Il a envie de se moquer de lui-même tellement il est nul et romantique, il a envie de sortir, de courir, d'exploser. Il veut penser à autre chose, il faut que je me mate une série sur Netflix, il faut que je prie, comme elle voudrait ma grand-mère, il faut que je fasse mes devoirs, il faut que je travaille mon lettrage, que je compte mes bombes de peinture. Tout mais pas ces pensées qui ne servent à rien, ce film parfait qui n'arrive jamais dans la vraie vie.

Il se remet à son cours, il lit, il lit, et à la fin c'est comme s'il n'avait rien lu.

Il se déshabille, se lave les dents. Il se couche, avant il regarde un peu son téléphone. Il y a des messages de Lina et Margaux. Mais la lumière lui fait mal aux yeux, à force.

Des fois en dormant il rêve des filles, ils font ensemble des choses agréables, ça lui coule entre les jambes dans son sommeil. Finalement, malgré ça, il les préfère, ces vrais rêves, à ses mauvais rêves éveillés.

On compte sur vous, elle dit la CPE, Mme Cascarino, vous êtes les délégués des délégués, les élèves les plus investis, les porte-parole de vos camarades, mais vous êtes aussi des modèles, des citoyens. On reçoit vos messages, on a besoin de vous pour en faire passer. Elle dit encore des mots compliqués, coproduction du collège, projets pédagogiques, certains délégués des délégués rigolent en coin, Mohammed-Ali reste sérieux.

Ils ont été extraits de leurs cours, exceptionnellement, pour une journée de formation. Il y a les grands comme Mohammed-Ali et ça va jusqu'aux petits de sixième, ils sont une vingtaine, Mohammed-Ali ne connaît pas tout le monde, sinon de vue. Il y a les deux CPE, quelques professeurs, des formateurs. Le principal est passé leur faire un petit bonjour, il leur a dit je suis fier de vous.

Le matin on leur explique le budget d'un collège, pourquoi il faut le discuter, le voter au conseil d'administration, d'où vient l'argent, à quoi il sert. C'est compliqué, c'est technique, les petits de sixième et cinquième peinent, ils ne comprennent pas bien.

Le midi ils mangent tous dans une salle spéciale du réfectoire, menu amélioré, exprès pour eux. Ça change de la cantine habituelle. À la grande table, les adultes se mêlent aux jeunes,

Mohammed-Ali est assis à côté de la CPE et en face de lui il y a une fille de troisième, Émilie. Il ne la connaît pas. Elle a de grandes boucles d'oreilles, des créoles dorées, les yeux et la bouche un peu maquillés. Elle est nouvelle dans le collège, ses parents ont déménagé pendant l'été, elle explique à la CPE qui lui pose des questions. Dans sa classe, personne ne voulait être délégué, ils étaient bien contents qu'elle se présente. La CPE leur parle du collège, elle leur explique, c'est difficile de gérer un budget, il y a des restrictions, on manque de postes. Les profs ne sont pas d'accord, leurs syndicats réclament des recrutements, mais il y a aussi des profs qui se battent pour avoir des heures supplémentaires. Ça lui semble contradictoire. Comment ça, madame, elle dit Émilie, vous êtes en train de nous dire que les profs ne sont pas toujours d'accord entre eux ? Mme Cascarino se met à rire.

Elle est vraiment rigolote, cette Émilie, Mohammed-Ali se met avec elle pour l'atelier de l'après-midi. Une prof de théâtre est là, elle leur présente des situations, un garçon parle mal à une fille, un prof commet une injustice, un élève se moque d'un autre. Elle commence une scène, avec une prof de français, et chaque élève, quand il le veut, peut interrompre, prendre la place d'un des protagonistes, jouer son rôle pour essayer de résoudre la situation. C'est drôle, c'est intéressant, passé un premier temps de gêne les élèves se prennent au jeu. Mohammed-Ali se retrouve souvent avec Émilie, elle a de la repartie, elle est drôle. Il fait de son mieux, lui aussi, et ça a l'air de bien lui plaire, ce qu'il dit.

À la fin de l'atelier, les élèves sont contents, les CPE et les profs aussi. Ils ont résolu des situations, dans cet atelier, ça donne des idées pour la vraie vie, même si ça n'est jamais pareil. Quand même, ça a bien fonctionné, cette journée. Émilie dit au revoir à Mohammed-Ali, elle lui fait la bise, il est un peu surpris, pas l'habitude. Elle sent bon.

Le lendemain Mohammed-Ali est calé dans la cour avec ses potes, il y a Zako et Kylian, ils discutent tranquille quand Émilie se ramène.

Tu me reconnais, elle lui dit.

Mohammed-Ali est en panique, il se crispe, la fille débarque, devant ses potes, elle lui parle direct, ça fait un bug dans sa tête, il a un grand oiseau coincé dans son crâne, un cygne ou un albatros maladroit, un vautour peut-être même, il essaye de déplier ses ailes, de les secouer, ça cogne et ça ripe. Zako et Kylian ont un drôle de sourire, Kylian surtout qui est chambreur, tu me reconnais, il fait avec une petite voix, tête tournée vers Mohammed-Ali, la fille n'entend pas, lui oui.

Mohammed-Ali fait genre on se connaît pas :

Attends, on s'est vus où, déjà ?

Kylian rigole.

La fille continue, comme si elle n'avait pas entendu, je t'ai trouvé drôle, si ça te dit on discute, si ça te dit on peut se voir une fois en dehors du collège, aller au cinéma, par exemple.

Kylian et Zako ont des sourires de plus en plus larges, la situation échappe à Mohammed-Ali, il ne sait pas quoi dire, il lève le menton, il bafouille, il a pas mal de choses à faire en ce moment, il n'a pas trop le temps, il répond en deux phrases.

Bon tant pis, c'est dommage, hier tu m'avais l'air plus sympa. Il semble à Mohammed-Ali, mais il n'est pas sûr, qu'elle a soudain les yeux humides. Émilie se retourne, elle s'en va.

Comme tu l'as rembarrée, la fille, il dit Zako.

Kylian en rajoute, elle te kiffe, la meuf, wesh, c'est une michto ou quoi, tu te laisses pas faire, toi, tu la traites de haut, c'est comme ça qu'il faut faire.

Il lui tape sur l'épaule, ils rigolent tous les deux, Zako et Kylian, limite ils le félicitent de lui avoir à peine répondu. Mohammed-Ali se sent très important et très bête à la fois, il n'a pas vraiment fait exprès, ça s'est passé trop vite, il n'a pas réfléchi, il y avait cet oiseau avec ses ailes coincées dans sa tête. Il parle d'autre chose, pour ne plus y penser.

Il aimerait se dire que s'il l'a remballée comme ça, c'est qu'il pensait à Aimée, seulement à Aimée. Mais ça n'est pas vrai. S'il était vraiment honnête, il devrait reconnaître, tout simplement, qu'il a eu peur. Grave peur.

Il est incapable de se rappeler quelle sorte de rêve il a fait, mais quand Mohammed-Ali se réveille son pantalon de pyjama est poisseux à l'entrejambe, ça le dégoûte. Il ne veut pas que ses parents le voient alors il file dans la salle de bain en tenant devant son bassin un vêtement chopé au hasard. Il bazarde tout dans le panier à linge sale, il se précipite dans la douche et il frotte, il laisse l'eau chaude couler longtemps. Dans l'eau sale s'écoulent quelques-uns de ses poils détestés et les traces visqueuses de sperme, ça le dégoûte mais il faut dire le mot. S'il considère ces aspects, ça ne lui plaît pas trop de grandir. Il a envie de pleurer, il se sent revenu à l'époque des pipis au lit, il a honte. Si ça se trouve il y en a plein les draps, il faut vérifier, si c'est le cas tout enlever et mettre à la machine, ils vont trouver ça suspect, ses parents, lui qui d'habitude ne s'occupe jamais du linge.

Il y a des garçons au collège qui se vantent de leurs branlettes, ils en rigolent, Kylian en parle souvent, Zako fait le dégoûté, il dit c'est haram, Mohammed-Ali n'aime pas non plus, il s'éloigne quand la conversation tourne à ça.

Il sort de la douche, il se sèche et s'habille, entre ces poils qui poussent, ces réveils sales, il se dit c'est fini, je ne contrôle plus rien, mon corps c'est n'importe quoi, je vais me fatiguer, je vais faire des haltères le soir, ou aller poser mes tags sur les murs, tout pour ne pas avoir de rêves, pour dormir sans m'arrêter et sans penser à Aimée, ni à aucune autre.

Il a mis ses habits propres et ça le calme, il se sent encore vaguement honteux et il sait que c'est bête, le truc c'est de n'avoir personne pour en parler, pas ses parents, surtout pas, pas ses potes, entre Kylian le vantard et Zako le prude, ni Margaux et Lina, il ne sait pas ce qu'elles pourraient faire d'une telle information. Elles en savent déjà bien trop sur lui.

Il checke ses draps, tout va bien, il ouvre quand même grand son lit et la fenêtre, il aère parce qu'il se dit que ça doit bien faire une odeur, que ses parents pourraient reconnaître, l'odeur de lui qui grandit, leur fils encore mais plus vraiment leur enfant.

Assieds-toi, il lui dit Balek. Ils sont là tous les trois, Balek, Sabire, Astr, ils ont un truc à lui dire, ça doit être important, parce qu'ils ont l'air solennels. Ils parlent bien lentement pour lui expliquer, comme s'il était teubé. Pourtant c'est simple, ils trouvent qu'il pose bien, il est sérieux, il fait des progrès, il a du style, alors ils lui proposent de rejoindre ACA, de signer les fresques avec eux. En faire partie, il n'y croit pas, Mohammed-Ali, c'est génial, c'est rapide, il est fier. Pour marquer le coup, ils lui proposent de faire une session fresque ensemble, ils ont repéré un pan de mur sur le canal où il y aurait la place. C'est à lui de choisir les mots, le lettrage, les personnages. Il leur montre ses brouillons et quand ils trouvent ça bien, ils valident, et ça sera leur première œuvre ensemble. Il pourra mettre sa signature à côté des leurs et du sigle ACA.

Mohammed-Ali réfléchit, il a une idée, il a le temps, ils ne lui demandent pas ce qu'il veut mettre dans sa fresque à la minute, mais il y a une phrase qui danse dans sa tête depuis un moment, elle a des mouvements gracieux et une musique qui donne envie de faire le fou, d'aller à l'aventure, c'est une phrase belle et excitante.

Pericoloso sporgersi.

Pardon ?

Pericoloso sporgersi, comme il y a écrit en italien, dans le métro, sur les vitres des portes, ça veut dire il est dangereux de se pencher, de mettre sa tête dehors, ça me plaît parce que ça sonne bien, ce sont de belles lettres, et puis c'est un peu ce qu'on fait, non, on se penche, on se déséquilibre là où on devrait pas être, on pourrait se faire choper, mais pour nous c'est beau, c'est de l'art, c'est la vie.

Astr applaudit, difficile de dire s'il est moqueur ou admiratif. Miss Sabire lui tape sur l'épaule, elle aime bien sa proposition. C'est pas mal mais c'est long, il dit Balek, ça va nous prendre du temps, faut bien préparer, la taille de chaque lettre, ne pas se retrouver à manquer de place pour tout mettre, on aurait l'air bête.

Même pas, il dit Astr, y a personne qui parle italien.

Il est tard dans la nuit, Mohammed-Ali rentre chez lui, ça carbure dans sa tête, il a la pression, il pense lettrage, enchaînement des lettres, il réfléchit aux couleurs, au personnage qu'il pourrait mettre, un petit lapin comme dans le métro s'impose, mais un lapin décalé, un lapin hard-core.

Il se glisse doucement par la fenêtre dans sa chambre, mais il ne s'endort pas, il se met à son bureau, allume la petite lumière, et il dessine, il dessine, il dessine.

On a travaillé de ouf à la médiathèque, elle dit Lina.

C'est clair, de ouf. Margaux est d'accord.

Mohammed-Ali n'a pas tellement l'impression qu'ils ont bossé. Ils ont beaucoup parlé de lui, de comment il devrait s'habiller, d'Aimée, des beaux gosses et des bêtes de meufs, mais pas tellement du sujet sur lequel ils doivent faire leur reportage. Le festival qu'ils ont trouvé se passe pendant les vacances de la Toussaint, à Paris. Ça s'appelle Festival du film lesbien, rien que le titre est compliqué, elle a dit Lina. Ils ont ouvert le programme, il y a des films et des débats, certains films sont chelous genre très courts, très bizarres ou sous-titrés, mais d'autres leur semblent plus intéressants. Quand même, ça leur fait un peu peur d'aller là-bas. Mohammed-Ali essaye de faire genre mais il n'y aura que des meufs, dans ce truc, ça va lui faire bizarre. Il a plus l'habitude de traîner entre potes. Margaux précise, en parlant fort, de toute façon, y a pas moyen qu'elles me touchent. Lina fait des gestes de yoga avec ses mains, elle leur dit déstresse, peace and love, tout ira bien, comme c'est son idée, pas moyen de la faire revenir dessus.

Ils se mettent d'accord sur une journée où les films et les débats leur semblent intéressants, comme ce sont les vacances et qu'ils peuvent tous les trois ce jour-là.

Alors quand Mme Savanier interroge chaque groupe pendant son cours, c'est avec fierté que Lina a cette réponse qui crispe Mohammed-Ali : on a travaillé de ouf à la médiathèque.

Mme Savanier ne relève pas le « de ouf », elle sourit, ça lui fait plaisir de voir Lina intéressée par un sujet scolaire, pour une fois. Elle passe dans chaque groupe pour régler les détails avec les élèves, quand elle arrive à leur groupe elle est étonnée de voir qu'ils ont déjà prévu comment y aller, quel jour, quels films.

Il faut quand même que vous preniez contact, elle ajoute, il y en a que ça fait rigoler, dans la classe, vu le sujet, Mme Savanier ne voit pas, mais il y en a un qui répète « que vous preniez contact » en frottant ses deux mains l'une contre l'autre, pose langoureuse. Mme Savanier continue, vous ne pouvez pas arriver comme ça, vous dites que vous voulez rencontrer une organisatrice pour discuter avec elle. Lina et Margaux se tournent vers Mohammed-Ali, elles ont le même regard du genre, toi, mon gars, tu vas écrire le mail, parce qu'il a la meilleure orthographe, parce qu'écrire, pour lui, ça n'est pas un calvaire. Margaux cligne des yeux, elle lui fait ses longs cils de biche, tu nous dois bien ça, avec tout ce qu'on t'aide pour Aimée.

Alors il se retrouve devant son écran, à écrire à la responsable communication du Festival du film lesbien, à réfléchir aux meilleures formulations pour demander un entretien.

Bonjour, nous sommes trois élèves de troisième et les films lesbiens nous passionnent…

Bonjour, on ne connaît pas bien les lesbiennes, on voudrait découvrir leurs films…

Bonjour, on doit faire un reportage pour le collège et on voudrait observer des lesbiennes…

C'est nul, c'est nul, c'est nul. Ça ne fait vraiment pas sérieux, mateurs.

Il se concentre, il rassemble les meilleures formulations de son répertoire, il écrit :

Bonjour, nous sommes trois collégiens de troisième (deux filles et un garçon) et notre prof Mme Savanier nous a demandé de faire un reportage. On est intéressés par votre Festival du film lesbien parce que c'est un sujet qui nous intéresse. Pourriez-vous nous accueillir le 22 octobre pour que nous assistions au festival et que nous discutions avec des organisatrices ?

Merci d'avance, salutations distinguées,

Lina, Margaux, Mohammed-Ali.

Il relit, il trouve ça pas trop mal, il met Margaux et Lina en copie, il envoie.

Frédéric ne fait pas le fier, il doit dire à Ilyès et Sofiane qu'il s'est tout fait piquer. Il y en a pour 500 euros, au moins, et il ne les a pas pour les rembourser. Ça l'énerve de penser à ceux ou celles qui ont fumé à l'œil, qui ont pris aussi son argent. Impossible de savoir qui c'est. Il n'a pas d'idée pour rattraper tout ça, il a le cerveau vide comme une salle de classe le jour de l'aïd.

C'est de sa faute, il n'aurait pas dû boire, il aurait peut-être embrassé Asma, il aurait gardé ses sous et sa beuh. Il n'a pas osé piquer de l'argent à ses parents. Il n'en a pas à lui, ou alors sur un pauvre compte en banque qu'il ne peut utiliser que pour ses dix-huit ans, pour son permis de conduire. Il a un seul truc dans sa poche, ce sont deux billets pour le Stade de France, France-Allemagne, deux billets récompense obtenus par son voisin, qui les avait de son club de foot. Il l'aime bien, son voisin, il ne peut pas ce jour-là, il est de mariage pour le week-end, alors il les lui a donnés. Deux billets à quoi, maximum 35 euros l'unité, ça ne va pas faire lourd. Frédéric flippe.

Il a décidé de leur annoncer au lycée, c'est moins dangereux. Il ne veut pas les retrouver vers chez eux, près de la cité. Au lycée, ils ne peuvent pas le taper. Depuis le week-end, ils lui envoient des textos, on te voit quand frérot ? ou alors frérot bien ou bien ? Ils lui ont expliqué dès le début, surtout tu n'envoies rien de précis par le téléphone, il faut rester vague et ne rien dire sur le trafic, c'est comme ça que les mecs se font craquer par les flics, il ne faut rien mettre de suspect. Sur nos téléphones, on est juste des potes.

Il aurait préféré leur annoncer par messagerie. Quand il arrive devant eux il les checke, comme d'habitude, il les regarde dans les yeux, il se dit je suis courageux, et puis il leur annonce, en parlant vite, je me suis fait piquer votre herbe et votre fric.

Ilyès a les sourcils méchamment froncés. Sofiane fait une drôle de tête. Comme d'habitude, c'est lui qui parle.

Tu t'es fait carotte, mon gars, ça me fait de la peine pour toi. Vraiment. Mais tu dois rembourser. C'est moche mais c'est la vie. Je sais pas ce qui s'est passé, si t'as fait attention ou pas, mais tu dois payer. C'est tout, c'est point barre.

Je peux pas, les gars, j'ai pas d'argent du tout.

Attends, frérot, c'est toi qui merdes et c'est moi qui dois payer ? T'es sérieux ?

Je vais rembourser, mais petit à petit.

Et nous frérot, on fait comment ? on a des fournisseurs, tu sais. On leur dit quoi aux fournisseurs ? on leur dit y a Frédéric qui s'est fait rotca, désolés, les gars, on vous paiera plus tard, le temps qu'il rembourse ? tu veux qu'on ait des problèmes ?

Frédéric baisse la tête. Je vais rembourser. Je vous donne ça, en attendant.

Il sort ses billets pour le match.

C'est gentil, frérot, de penser à nous pour le foot. Mais je veux du gen-ar, pas des billets pour le stade. Y a pas marqué jambon sur mon front.

D'un coup c'est Ilyès qui s'anime, il se met devant Frédéric et il le pousse, de plus en plus fort, du plat de la main, il parle d'une grosse voix.

Te fous pas de notre gueule, t'as merdé t'as merdé, tu vas payer, tes billets on les garde mais ça suffit pas, tu nous dois 500 sacs, tu vas vendre gratis pour nous et t'as intérêt à nous rapporter, tu nous prends pour des guignols, tu crois quoi, tu joues ta vie.

Sofiane le calme, il l'arrête, il dit calme-toi, il est réglo, il va payer, ça lui prendra le temps qu'il faudra mais il va payer, je t'aime bien, frérot, mais tu as fait une connerie, une grosse grosse connerie, et les conneries on les paye.

Frédéric est presque aussi mal que pendant la soirée, quand il était allongé sur le lit. Il comprend que c'est du sérieux, il dit oui oui, oui oui, et puis ça s'arrête, ils partent, il est tout seul dans la cour, il a donné ses billets, il est presque étonné de s'en être tiré pas si mal, finalement, ils ne l'ont pas frappé, ils lui ont donné une chance, mais il se demande combien de temps il va leur être redevable. Il s'en rend compte et c'est pire que le lendemain où il avait trop bu, il a vraiment merdé, depuis le début. C'est trop tard.

Mohammed-Ali voudrait bien parler à Aimée comme si c'était un copain ou une copine. À bien y réfléchir ça fait un moment qu'il n'a plus de copine, depuis l'entrée au collège, ou la dernière année de primaire. Avant ça se mélangeait plus, parfois ils jouaient ensemble, et puis finalement c'est devenu chacun de son côté, les garçons, les filles, point barre. Il trouve ça bête. À force d'être entre garçons il n'a plus l'habitude, il n'a pas l'aisance. Il aimerait bien sortir la bonne blague au bon moment, faire le sourire de beau gosse approprié, dire des mots bien choisis.

Il se lance, Aimée est dans la cour du collège, avec Mariama et Aminata. Tu veux quoi, toi, elle dit Aminata. Ça commence mal. Elles ont l'habitude des garçons qui viennent les embêter, tirer leurs tresses ou se moquer d'elles, toucher leurs fesses parfois pour les plus graves. Mohammed-Ali voudrait une pancarte avec marqué dessus : je ne suis pas comme ça. Mariama se ramène aussi devant lui, on parle, là, on discute de trucs sérieux, alors laisse-nous, s'il te plaît. Aimée est en retrait, elle regarde quelque chose sur son téléphone et ça la fait bien rire. Des trucs sérieux, tu parles, il pense Mohammed-Ali, elles regardent des vidéos. Il a les mots qui ne passent plus au-delà de sa bouche, il devient rouge sans doute, il se frotte les mains devant son ventre. Enfin il arrive à prononcer une phrase, c'était à propos des chaussettes, de la dernière fois, les chaussettes, Aminata et Mariama sont mortes de rire, les chaussettes, bouffon, pourquoi tu nous parles de chaussettes ? Aimée intervient, c'est lui qui m'a prêté des chaussettes en sport la dernière fois, elle lui fait un petit sourire, OK, elle dit Mariama, tu as prêté tes chaussettes, c'est bien, mais si tu viens nous parler de chaussettes, dégage, nous on parle d'autre chose. Aminata fait un signe de la main, allez ciao, à bientôt.

Mohammed-Ali pense bouffonnes mais il n'ose pas les contrarier, vouloir séduire une fille en se disputant avec ses meilleures copines, ça n'est pas vraiment une bonne idée, même si elles ne sont pas sympas. Il s'éloigne. Il veut voir le bon côté de cette manœuvre d'approche : elle m'a fait quand même un petit sourire. Il n'y croit qu'à moitié.

C'est le début des vacances de la Toussaint, dans une semaine Mohammed-Ali, Lina et Margaux iront au Festival du film lesbien pour leur enquête. Les débuts de vacances c'est toujours pareil, l'impression d'avoir tout le temps devant soi, de pouvoir renvoyer à plus tard, vraiment plus tard, les devoirs, les leçons à apprendre. Enfin ne pas avoir à se lever tôt, se coucher tôt. Pourtant ça lui fait bizarre, à Mohammed-Ali, parce qu'Aimée va lui manquer, il s'en rend compte, c'est inhabituel, comme sentiment. D'habitude il espère que les vacances vont durer longtemps, là il se dit pourvu qu'elles passent vite.

Il veut trouver des trucs à faire, il envoie un message à ceux d'ACA, salut, je suis en vacances, on peut se voir si vous voulez. Balek ne répond pas, Astr a encore des cours, Miss Sabire lui propose de se retrouver sur le canal. Mohammed-Ali est content, elle lui propose à lui, à lui seulement, l'espace d'un instant il se dit peut-être que je lui plais, aussitôt il a honte parce qu'il est un gamin pour elle, il le sait, parce que si c'était Astr ou Balek qui lui avait donné rendez-vous il n'aurait jamais pensé ça, parce que c'est vraiment une pensée de mort-de-faim. Elle est mystérieuse, quand même, Miss Sabire, elle lui dit viens avec un carnet et un crayon.

Il arrive les mains dans les poches, pour faire décontract, ça lui fait bizarre, qu'ils se voient seulement tous les deux. Quand il y a les autres elle joue l'énervée, ils la calment, elle fait des blagues, là elle sourit direct, elle a l'air contente de le voir. Ils marchent un peu sur le canal, ils regardent les graffs, ils discutent de leurs qualités et défauts, ils ont les mêmes goûts. Elle lui raconte les Beaux-Arts, je dois me battre en tant que fille et en tant que noire, deux catégories qui font, là-bas, qu'on me regarde de haut, qu'on me pense, inconsciemment, inférieure. Les élèves des Beaux-Arts sont surtout des filles, mais pourtant la majorité des profs sont des hommes, et les garçons font comme partout, ils sont à l'aise, ils la ramènent, ils savent parler de leur travail avec de grands mots, avec des grands concepts, pas tous, ils ne sont pas tous comme ça, bien sûr, il y en a des timides, des effacés, des qui doutent, mais il y en a suffisamment qui se la jouent pour que ça soit désagréable, de se sentir fille. Quant à être noire, c'est être un phénomène rare, tu vois, ça change d'ici, ça change de chez nous, pourtant c'est quelques kilomètres à peine, mais il y en a ils me voient comme un élément exotique, ils s'attendent à quoi, on dirait qu'ils s'attendent que je peigne en faisant du vaudou, que je me mette en pagne.

Ils croient que je vais faire des sculptures en wax, ou bien danser en boubou, je ne sais pas mais ça m'énerve. Ou alors c'est encore pire, ils me disent c'est pas si mal ce que tu fais, et moi j'entends pas si mal pour toi, j'ai peut-être l'esprit mal placé, ou l'oreille, mais c'est ce que j'entends, je ne les aime pas ces sous-entendus, ces a priori, alors je passe pour la susceptible, celle à qui on ne peut rien dire, qui va mal le prendre.

Mohammed-Ali se dit qu'un jour lui aussi, il sera le mec de banlieue, s'il poursuit ses études ailleurs qu'ici, on lui demandera d'où il vient, pourquoi il est là, ou on ne lui demandera rien mais il le sentira.

Miss Sabire le prend par la manche, tu as bien ton carnet, viens, on prend le tram, je t'emmène quelque part, tu vas voir. Il n'a pas demandé à ses parents mais il se dit elle est majeure, c'est comme si c'était une adulte, je vais avec elle. Le tram est un tortillard, il se traîne devant les dessins de cosmonaute, l'hôpital franco-musulman, le cimetière, ils descendent à l'arrêt Basilique, et ils y vont, à la basilique de Saint-Denis. Ça lui fait penser au Stade de France, Saint-Denis, et penser au foot ça lui fait penser à Aimée, c'est pas mal en vrai comme sensation, c'est doux.

Miss Sabire parle en marchant, tu vas voir, c'est super ici, c'est chelou au départ, il y avait un drôle de saint, il s'appelait Denis, pas encore saint Denis, du temps de l'Antiquité, ou du Moyen Âge, c'est pareil, le gars pour devenir saint il a été persécuté, ses ennemis l'ont décapité à Montmartre, ça l'a pas calmé, il a simplement pris sa tête sous son bras et il est venu ici, c'est gore, de base j'aime bien, et ensuite à cet endroit, qui était peut-être déjà un lieu sacré du temps des Gaulois puis du temps des Romains, ils ont construit une cathédrale, et les Français y ont enterré leurs rois, ils les ont sacrés à Reims mais ils les ont enterrés ici.

Ils sont à l'entrée de la basilique, les pierres sont grises, le bâtiment majestueux, ils entrent. Pour Miss Sabire c'est gratuit parce qu'elle est aux Beaux-Arts, pour Mohammed-Ali parce qu'il est mineur. Il fait très froid à l'intérieur de la basilique, les vitraux donnent une luminosité particulière, plutôt sombre, mais pas seulement, il y a des rayons de lumière. Miss Sabire lui montre les tombes, il y en a de toutes simples, avec des rois étendus, tous identiques, barbe, couronne, sceptre dans la main. Et puis ils arrivent là où elle voulait l'emmener, devant les statues de gisants. Les rois et les reines sont sculptés dans la pierre, saisis dans la mort, leurs veines apparentes, leurs corps nus contractés par la mort rigide, on voit leurs lèvres pincées, leurs yeux vides, on devine les dents et les muscles. C'est beau et c'est horrible. Sur l'étage supérieur du tombeau ils sont représentés habillés, en train de prier, mais c'est cet étage inférieur qui saisit, qui prend Mohammed-Ali au cœur, qui le tord.

Tu vois, elle lui dit Miss Sabire, ce sont de vrais artistes ceux qui ont fait ça. Regarde comme c'est beau, apprends, entraîne-toi à dessiner ces corps, ils ont mis de la vie dans la mort, retiens ça pour tes personnages, pour tes lettres. Mohammed-Ali sort son carnet, il dessine, il fait des croquis des corps, des détails, Miss Sabire l'accompagne, elle corrige certains traits, elle lui donne des conseils. Elle parle des cours de nu, où des modèles posent, c'est intéressant mais il lui semble qu'elle apprend bien plus en venant ici toute seule.

Ils restent longtemps dans la cathédrale, devant chaque gisant. Quand ils sortent la lumière leur ferme les yeux, ils placent leur main sur leur front, ils grimacent. Ils marchent lentement vers le tram, pour rentrer chez eux. Mohammed-Ali la remercie, il n'a jamais pris de cours de dessin, sauf au collège, il a l'impression d'avoir trouvé sa professeure.

Miss Sabire lui ébouriffe la tête, comme elle ferait à un petit frère. Je t'aime bien, elle lui dit, je t'aime bien.

Margaux est à table, il y a ses parents et son frère, il est sur son téléphone, il envoie des textos, alors elle se dit bon là il écoute pas et elle dit tout doucement, maman tu sais faudrait que tu me donnes les sous pour le RER, je dois aller à Paris pour un exposé sur les lesbiennes, on va à un festival de cinéma avec Lina et Mohammed-Ali, c'est pour la prof Mme Savanier.

Et sa mère la regarde intensément et lui dit mais bien sûr, mais bien sûr ma fille je te donnerai l'argent et tu sais tu peux tout me dire, tu peux me parler, si tu aimes les filles pour nous c'est comme si tu aimes les garçons, c'est de l'amour c'est ça qui compte, tu n'es pas obligée d'en parler mais si tu veux je suis là, papa est là,

papa opine

C'est normal aujourd'hui de faire une place à tous les amours, si tu as une copine on sera heureux de la rencontrer, de discuter avec elle,

Margaux voudrait parler de tout sauf de ça, elle voudrait dire maman si je tombe amoureuse j'en parlerai à mes copines, j'en parlerai à ma marraine, mais pas à toi, jamais ce genre de sujet,

Mais il vaut mieux se taire car elle veut les sous,

Sa mère la regarde toujours intensément et ses yeux ressemblent à deux chiots compréhensifs, deux chiots qui attendent la baballe et Margaux voudrait les buter à coups de bâton, mais elle se tait, ni son père ni sa mère ne parlent plus, c'est Frédéric qui rompt le silence, il a levé les yeux de son téléphone, il a donc des oreilles qui repèrent les informations intéressantes dont il pourrait se servir contre sa sœur, et il dit :

Ah ouais, t'es une gouine ?

Lina dit à sa mère je sors, je dois aller à Paname pour un exposé, attends, elle lui répond, tu y vas avec qui ? avec Margaux. Sa mère l'a déjà accompagnée chez Margaux, elle s'est dit que c'était une bonne fréquentation pour sa fille, un pavillon, une mère très aimable, quand même ça ne lui plaît pas trop qu'elle prenne les transports toute seule, alors elle insiste, vous ne ferez pas de bêtises ? Lina souffle, yema, c'est pour l'école, le mot magique, sa mère part sur un autre registre, j'aimerais tellement que tu aies de bonnes notes, ne fais pas comme tes frères, tu as une tête bien faite, je le sais moi, alors ne te gâche pas, il faut que tu sois sérieuse pour tes études.

Lina n'entend pas la fin, elle est sortie doucement, elle a pris l'ascenseur, elle va voir ses frères sur leur four, wesh les gars vous pouvez me filer dix balles, je dois aller à Paname pour l'école, Sofiane sort plusieurs billets, il aime faire le grand prince, il lui en donne deux rouges et il sourit tu t'achèteras un grec, fais pas de bêtises.

Mohammed-Ali demande à ses parents s'il peut prendre le RER tout seul, ça ne leur plaît pas des masses, il donne le sujet de l'exposé, ils ne font pas de commentaires, ils lui posent des questions sur sa prof, ils soupirent, il ne sait pas s'ils désapprouvent ou s'ils trouvent ça farfelu, il ne cherche pas à approfondir, ils donnent leur accord, ils donnent les sous, c'est bon.

Lina, Margaux et Mohammed-Ali ont acheté leurs tickets de RER, Margaux voulait gruger mais Lina et Mohammed-Ali lui ont bien dit, avec nos têtes d'Arabes sûr on se fait contrôler. Ils ont eu raison parce que les contrôleurs étaient là, ils ont vérifié les tickets de tout le monde et Margaux la première finalement, ça aurait été vraiment le seum de se prendre une amende pour un exposé pour l'école.

Ils sont tous les trois un peu stressés même s'ils font genre ils rigolent.

1. C'est toujours stressant d'aller à Paris.
2. Ils se demandent un peu où ils vont tomber, avec ce festival.
3. Il y a un travail à faire, et ils ne savent pas trop comment.

Mohammed-Ali leur a dit, les filles, vous amenez un carnet et un stylo, Lina a râlé, wesh mon frère, tu crois quoi, tu crois je sais prendre des notes ? Mohammed-Ali s'est rappelé d'un coup les petits cris, les « attendez madame vous allez trop vite », chaque fois que Mme Savanier leur dicte une partie du cours, elle leur a dit, pourtant, je vous prépare pour le lycée. Alors il craint le pire, au début il pensait que la prof l'avait mis avec des boulets, il n'ose plus trop utiliser ce mot parce qu'elles l'aident bien avec Aimée, mais des fois ça revient sans qu'il y fasse attention. Il a ce défaut des garçons qui se croient plus forts que les filles, et pourtant en arrivant à Paris elles le bluffent, d'abord parce qu'elles savent y faire dans le métro, dans la rue, et puis en arrivant au cinéma, il devient rouge, il est timide, et elles lui sauvent la mise.

Tout simplement, elles entrent, elles se présentent, on est les collégiens, on vient pour l'exposé. Elles n'en mènent pas vraiment large, Margaux a jeté des regards dans la rue, genre être sûre que personne du collège ne les suit pour se moquer d'elles.

La fille à l'entrée a les cheveux courts, elle les rassure tout de suite, elle a une large carrure, une casquette, un grand sourire, je vais vous appeler les collégiennes, vous êtes deux filles et un seul garçon, je suis sûre qu'il sera d'accord pour féminiser. Mohammed-Ali est incapable de répondre, il bafouille vite fait, Lina et Margaux rigolent, elles sont à l'aise finalement, lui voudrait disparaître, rentrer dans son sac tout entier, les attendre à la sortie en leur disant vous me raconterez, il sort la nuit pour taguer, il ment à ses parents, il est prêt à se battre contre n'importe qui si on insulte sa mère même si c'est nul de se battre, mais là simplement ça le flippe ce festival avec que des femmes.

La fille de l'entrée s'appelle Rebecca, elle leur dit attendez, j'appelle la responsable de la com, c'est elle que vous avez dû avoir par mail. Mohammed-Ali se souvient de ce titre, responsable de la communication, celui de la fille qui lui a répondu, il a reçu son courriel le lendemain du sien, signé Laura Centonze. Elle disait qu'elle était bien heureuse d'accéder à leur requête, de leur consacrer du temps à leur arrivée au festival, pour répondre à leurs questions, leur faire visiter les lieux. Elle rappelait aussi que leur curiosité était bienvenue, dans le plus grand respect bien entendu, car leur festival correspond à une démarche engagée et artistique. Mohammed-Ali a compris le sens du message, on n'est pas une réserve et vous des cow-boys venus observer à cheval, il est bloqué quand même, inquiet, il admire le naturel des filles et son petit complexe de supériorité commence à diminuer.

Laura Centonze se ramène et elle leur serre la main, elle a leur taille et des cheveux longs et bruns, pas mal de maquillage, un rouge à lèvres pétant. Elle leur explique tout, le festival est né du travail de plusieurs associations, avec l'idée de montrer des films qui échappent au *male gaze*, le regard masculin. Elles veulent des personnages de femmes qui ne parlent pas tout le temps des hommes, des femmes qui s'aiment entre elles, parce que sinon, comment s'identifier ? Il y a beaucoup de courts métrages et quelques longs, des débats, un bar parce que le festival est aussi un espace de réflexion et de sociabilité.

C'est passionnant tout ce qu'elle raconte. Puis il y a une séance de cinéma qui commence et elle les introduit dans la salle. Très vite à l'écran deux femmes s'embrassent, elles se tiennent la main, Mohammed-Ali, Lina et Margaux se regardent autant qu'ils peuvent dans l'obscurité, ça aurait été au collège il y aurait eu des fous rires, mais pas ici, ils sont impressionnés. C'est vrai que des fois on est un peu bêtes, il se dit Mohammed-Ali, dès qu'on voit des bisous, on rigole, pas seulement une femme avec une femme, dans toutes les situations. Il se rappelle cette prof d'histoire, en sixième, qui avait voulu leur montrer le film *La Guerre du feu*. Ça commence fort, par des hommes préhistoriques qui s'accouplent. Dès les premières images il y avait tellement de cris et de rires que la prof avait dû arrêter le film.

À l'écran ce sont des films courts qui se succèdent, il y en a des bien et d'autres trop zarbis, des fois c'est émouvant et des fois ça fait rire. Quand la lumière se rallume, Mohammed-Ali se frotte les yeux. Il y a un débat qui commence, les réalisatrices sont là et elles expliquent la démarche de leurs films. Il y a des mots compliqués, genre, ça veut dire les caractéristiques liées au masculin ou au féminin, ce sont des représentations, ou intersectionnalité, ça veut dire plusieurs discriminations qui s'ajoutent, Mohammed-Ali se concentre, il ne comprend pas tout.

La fille sur scène s'est lancée dans une longue tirade, elle dit on peut être lesbienne et noire, on cumule les stigmatisations dans une société raciste et homophobe, mais il y a aussi des mécanismes d'oppression compliqués, tu peux être opprimée à un endroit et oppresseuse à un autre.

Aucun des trois collégiens n'ose intervenir, le débat dure un peu trop longtemps, ils aimeraient bien sortir mais ils n'osent pas. Enfin ça se termine, Laura Centonze revient les voir, elle leur dit si ça vous dit on a installé une cantine végane dans le hall, pour les bénévoles et les invitées du festival, c'est un buffet, servez-vous. Elle leur donne des tickets pour avoir une assiette, ce n'est pas la même nourriture qu'à la cantine, surtout des salades avec des graines bizarres. Laura Centonze leur explique, on a choisi la bouffe végane parce que c'est la plus inclusive, tout le monde peut manger végan, les végétariens et les végans, bien sûr, mais aussi les musulmans, les juifs. On ne veut exclure personne.

C'est bien gentil, ça n'est pas mauvais, mais Lina, Margaux et Mohammed-Ali auraient quand même bien aimé un grec ou des frites. Après le repas ils rencontrent encore une bénévole, la directrice du cinéma qui explique pourquoi ça se passe dans son établissement, et puis des membres d'associations engagées dans l'événement. Ça fait beaucoup de notes, beaucoup de sigles et de noms. Il est presque seize heures. Margaux s'agite, il faut rentrer, on va galérer dans le RER.

Laura Centonze les accompagne jusqu'à la sortie, on est contentes de vous voir, merci d'être venus, ça fait plaisir.

Pendant le trajet de retour ils sont d'abord joyeux tous les trois, ils l'ont fait, ils ont osé, et ça s'est bien passé. Après ils se calment un peu, Lina et Mohammed-Ali discutent, comment on va présenter ça, il y a des mots vraiment compliqués, il y en a qui vont être choqués, ou qui vont se moquer. Ça les inquiète un peu, Lina fait moins la fanfaronne. Il y a encore du taf, pour faire la synthèse de la journée, mais il y a de quoi raconter. Ils se répartissent les rôles, il faudra parler du festival, en faire un organigramme, présenter le programme et les thèmes. Margaux ne dit rien, elle se sent remuée, un peu mal au ventre, elle regarde par la fenêtre, elle se demande ce que ça lui a fait, d'être là-bas, de voir ces femmes. Elle ne sait pas trop.

Elles sortent du collège et elles marchent ensemble, comme toujours, Mariama au milieu, Aminata à gauche et Aimée à droite, c'est immuable. Aminata et Aimée attendent le bus avec Mariama, mais elles ne le prennent pas, elles rentrent ensuite ensemble dans leur barre d'immeuble, elles habitent à côté. En général c'est sympa mais aujourd'hui Mariama fait la gueule.

T'es relou, avec ton foot, on fait jamais rien avec toi. Là je te dis ça me ferait plaisir que tu viennes, et tu viens pas.

Mariama a décidé d'aller faire du shopping au grand centre commercial, ce samedi, pour son anniversaire. Puis d'essayer de sortir en boîte le soir, une boîte dancehall dont on lui a beaucoup parlé. Aimée ne peut pas venir, elle s'entraîne samedi après-midi et elle a un match dimanche, donc impossible de se coucher tard. Elle argumente.

De toute façon, on est trop jeunes, on rentre pas en boîte.

Arrête, on est grandes toutes les trois, si on se maquille et on s'habille, on rentre dans toutes les boîtes. Tu fais chier, c'est tout, c'est égoïste, ce que tu fais là. On est tes meilleures amies mais non toi tu préfères ton foot.

Aminata essaye de faire l'arbitre.

Je te propose, tu nous rejoins au shopping, on va chez moi, on se prépare, et tu viens une heure seulement à la boîte, tu danses un peu et puis tu rentres.

Vous vous rendez pas compte, les filles, c'est trop dur, si je viens juste une heure. Et puis je me couche à vingt-deux heures les veilles de match, faut pas rigoler, tu te couches tard, tu es fatiguée, et tu perds le bon réflexe, tu te fais passer, tu rates ta passe, ton tir. Je peux pas vous rejoindre au shopping après l'entraînement, moi je reste plus longtemps, je fais encore des courses, je m'étire, je veux pas être blessée.

Mariama est vraiment vénère. Elle ne sait plus quoi dire, elle ne comprend pas.

Aminata essaye encore un peu, Aimée a les poings serrés, les larmes aux yeux. Pourquoi elles ne comprennent pas. Pourquoi elles insistent. Bien sûr qu'elle voudrait venir, bien sûr qu'elle voudrait sortir. Elles auraient pu reporter d'une semaine, il n'y a pas match la semaine d'après, mais elles préfèrent la rendre responsable. Elle s'en fout du shopping, ses magasins préférés, c'est Decathlon et Go Sport. Foot Locker à la rigueur.

Elles sont à l'arrêt de bus, elles ne parlent plus jusqu'à ce qu'il arrive. Super ambiance. Mariama monte, elle leur dit salut, ne se retourne même pas.

Aminata et Aimée rentrent, elles marchent vite, elles ne parlent pas beaucoup mais l'atmosphère se détend un peu. Aminata raconte un truc qui s'est passé en cours, Aimée y était aussi, mais elle rigole, elle comprend que sa copine passe à autre chose. Elle est moins bornée que Mariama.

Elles se disent au revoir en bas de l'immeuble d'Aimée, elles se serrent dans les bras. Aimée fait le code et monte, elle prend toujours l'escalier, pour travailler le foncier en toutes circonstances.

Elle ouvre la porte de chez elle, elle trace vite dans le couloir, trop tard, sa mère l'appelle. Elle lui demande comment c'était l'école, elle n'attend pas sa réponse et enchaîne sur la messe du dimanche. C'est toujours pareil, presque tous les week-ends.

Je ne viendrai pas, maman, j'ai match, je t'ai dit.

Comment ça, encore tu as match ? Tu crois que c'est plus important que le Seigneur ?

Sa mère n'a pas toujours été aussi religieuse, ça lui est venu quand leur père est parti, depuis qu'elle a des rides au coin des yeux, quelques fils blancs dans la chevelure. Elles sont un peu pareilles, Aimée et sa mère, quand elles s'engagent, c'est très sérieux. L'une à fond dans l'église, l'autre à fond dans le foot. Aimée aime bien la messe. Elle trouve que l'ancien curé racontait des histoires intéressantes, il faisait réfléchir. Le nouveau radote un peu. Mais elle aime bien l'ambiance, les chants tous ensemble, les gens qui discutent à la sortie. C'est sa famille, mais ça ne peut pas passer avant le foot, parce qu'elle a Dieu dans son cœur, tandis que le sport, il faut travailler.

Sa mère continue à râler, elle n'écoute plus, comme si c'était la première fois que cette dispute avait lieu, qu'Aimée lui disait je vais au match et pas à la messe. Elle fait encore et toujours son offusquée, la mère trahie par sa fille qui ne comprend pas, elle souffre, elle pleure, elle gémit. Aimée est passée en mode off, le temps que ça se termine, elle pense à Lilian Thuram, le joueur de l'équipe de France qui compte le plus de sélections, elle a lu des portraits de lui et il était le plus sérieux, toujours à faire des séances plus longues que les autres, à rester s'étirer, se gainer, quand les autres étaient déjà au vestiaire. C'est un exemple. Au bout d'un moment, sa mère n'a plus rien à dire, ses lèvres ne bougent plus, alors Aimée passe dans la chambre.

Sa petite sœur est là, assise à leur bureau partagé, elle fait ses devoirs, elle salue Aimée mais continue à travailler. Aimée monte sur son lit superposé, étage du haut, elle s'allonge. Dehors il fait déjà presque nuit. Elle met ses écouteurs et sa musique, elle ferme les yeux.

Mohammed-Ali se met en danseuse et ça va de plus en plus vite, le vent lui fait pleurer les yeux, il a ses mèches qui battent son front, il roule sur son vélo le long du canal et il regarde autant que possible sur les côtés, sur les murs, il voit défiler les styles et les lettrages. Il a bien bossé sur son exposé, il a mis les idées en place sur ce qu'il doit dire, alors pour se récompenser il est parti faire un tour à vélo. Le canal est longé par les graffs, plus ou moins réussis, il y a des lettres et des personnages, des RIP, des big up, des crews qui font œuvre commune et signent tous, démonstration de force et de talent. Il y a des dessins au pochoir et des lettres qui zigzaguent, des mots presque illisibles tellement ils sont stylisés et puis des écritures plus classiques.

Dans l'eau une bande de canards nage fièrement, la tête et la croupe en l'air. Il y a cinq canards colorés, leur belle tête verte, et une cane grise. En nageant ils fendent l'eau et dessinent un V symétrique. Un peu plus loin il y a deux cygnes, ils nagent côte à côte, Mohammed-Ali les regarde mais sans rien en conclure sur l'amour ou la vie. Ils sont beaux, c'est tout. Il se dit quand même, un oiseau comme ça, c'est autre chose qu'une poule. Enfin, pour autant qu'il s'y connaisse en poules.

Il pense à Aimée et c'est doux, c'est possible, il se dit, elle et moi ça peut le faire, pourquoi pas, Lina et Margaux elles y croient, elles s'y connaissent, je vais bien m'habiller pour l'exposé, petit polo ou petite veste, beau gosse, pantalon bien serré, elle va me voir, elle pourra pas faire autrement que me regarder. Ça le stresse et ça l'exalte en même temps, il faudra être bon, il faudra être intéressant, il faudra être drôle.

Quelques mètres après les canards, Mohammed-Ali freine brusquement, il ne peut pas s'empêcher, il y a trois graffeurs au travail, sur un long mur, ils ont passé dessous une première couche de bleu, ils ont peint ensuite des cartouches pour abriter leurs lettres, et il y a une date aussi, 1988, ils sont deux à travailler dessus de leurs bombes, les contours sont faits et ils remplissent. Il ne peut pas s'empêcher de les regarder, fasciné.

L'un d'eux se retourne, il lui demande ça va, tu veux quelque chose, et Mohammed-Ali hallucine, c'est un daron, un daron avec une capuche mais un daron quand même, les deux autres se retournent aussi, ils ne lui prêtent pas plus d'attention que ça, mais il a le temps de voir leurs visages marqués, eux aussi des darons.

Mohammed-Ali ne sait pas quoi dire, il ne veut pas qu'ils croient à de mauvaises intentions, alors il parle, il demande, vous graffez ?

On dirait bien, il répond le premier. Il a un petit sourire de daron ou de prof après une question bête.

Mohammed-Ali panique un peu, alors il continue à parler, il demande

Pourquoi 1988 ?

Le daron pose sa bombe, il le regarde, c'est l'année où on a commencé, il lui dit, on avait ton âge, on était déjà tous les trois, ce que tu vois là, c'est notre histoire, dans chaque cartouche un graff historique, on travaille à partir de photos. On reprend celui-là, tu vois, au bord d'une voie ferrée, en hauteur, inoubliable. Et celui-là encore, tout en haut d'un immeuble, en équilibre sur le toit, on était fous.

Mohammed-Ali calcule à toute vitesse, le daron est vraiment un daron, 1988, ça fait à peu près l'âge du sien, sauf qu'il n'imagine pas son propre père sortir la nuit, taguer et graffer.

C'est beau ce que vous faites, monsieur, il lui dit.

D'où tu m'appelles monsieur, petit con, il rigole le daron. On était des pionniers et on n'a pas perdu la flamme.

Jamais de la vie Mohammed-Ali n'oserait lui dire qu'il pose, lui aussi, qu'il a son crew. Alors il se tait, il écoute, le daron lui raconte comment c'était, avant, on niquait tout, il lui dit, on allait partout, rien ne nous arrêtait, ni la hauteur ni les barrières, ni les keufs qui nous couraient après. On a mis la ville sous nos bombes. Et c'était pas que de la peinture, c'était de la musique, les premiers titres du rap français, on écoutait IAM, NTM, et même MC Solaar, il y avait aussi de la danse, une façon de s'habiller, de parler. Les deux autres darons se ramènent, ils le chambrent, tu parles comme un vieillard, comme un ancien combattant, tu fais ton nostalgique, ils lui disent. Ils lui bourradent l'épaule, ils lui pinçotent le ventre, il leur dit arrêtez les gars vous êtes cons, il se frotte le coin de l'œil et il a des petites rides qui partent en étoile.

Mohammed-Ali les écoute, ils lui parlent encore un peu puis ils se remettent au travail, ils sont rapides et méticuleux. Il les observe un moment, puis discrètement il repart, il leur dit au revoir, ils lui répondent, ils sont concentrés et se retournent à peine. Il pédale fort sur son vélo, c'est une ligne droite, il va très vite, il fuse.

Frédéric ne sait pas comment il peut s'en sortir, il a mal dormi, il s'est imaginé tabassé, dépouillé, quand il s'est enfin assoupi c'était pire, des dealers venaient jusque chez lui pour le sortir de son lit et lui couper un doigt.

Il a de l'argent sur son compte en banque, mais c'est bloqué pour son permis jusqu'à ses dix-huit ans. S'il prend de l'argent à ses parents, ils s'en apercevront, et puis ils n'ont jamais assez de liquide à la maison. Il imagine fouiller la chambre de sa sœur, piquer son argent, mais elle n'a sans doute pas grand-chose, et elle s'en rendrait compte, cette musaraigne.

Ses parents voient qu'il n'est pas bien, ils lui posent des questions, il ne répond pas, il regarde son téléphone pour leur montrer qu'il ne faut pas lui parler.

Sa sœur s'en fout, la traîtresse.

Il essaye de gratter ses potes, ça ne marche pas. Ils n'ont pas d'argent. Il ne les a pas incrustés à la dernière soirée, ils lui en veulent. Ils n'ont pas envie de l'aider, mais pour son bien, pour qu'il arrête le deal.

Il n'arrive même plus à réviser, pourtant il y a des interros qui arrivent.

Il s'en veut, putain je suis con, j'aurais jamais dû mettre un pied là-dedans, j'ai pas la carrure, je suis un naze, un gros naze, c'est tout.

Il pense j'ai gâché ma vie, j'ai même pas dix-sept ans et c'est fini, déjà.

Il essaye d'être rationnel. Finalement, ce n'est pas une si grosse somme, mais plus il attend plus les intérêts montent, s'il trouve un taf, en un mois, deux maximum, il rembourse.

Il sort, il fait le tour des restaurants, des cafés, des kebabs, il demande s'ils ne cherchent pas quelqu'un pour le week-end. Un soir de semaine, il n'y pense même pas, ses parents ne voudront jamais.

Il repense à la petite annonce à la pizzeria, la dernière fois, ils y étaient allés en famille, il y retourne, il met une chemise, il se coiffe bien sage, ils le prennent. C'est tous les week-ends, vendredi et samedi soir, dimanche midi, pas d'exception. Adieu grasses matinées, adieu soirées, au moins le deal, c'est sûr que c'est fini, pour un temps. Ses parents ne savent pas trop quoi penser, ils sont quand même plutôt fiers que leur fils se bouge, c'est pour me payer de belles vacances, il leur dit.

Il taffe et il est nul, il oublie les commandes, il se trompe, il n'est pas assez rapide. Le patron lui met une soufflante comme personne ne l'a jamais engueulé, il se concentre encore plus que sur ses devoirs, il fait des efforts, il progresse. Pas jusqu'à avoir des pourboires.

Le soir, il rentre il est vanné, il s'effondre sur son lit. La semaine, il essaye de travailler un maximum pour le lycée, mais il est trop fatigué, il a du mal à rattraper le retard. Il n'a plus le temps d'écouter de la musique, de jouer à la console. Il ne traîne plus avec les potes. De toute façon il leur en veut, ils n'ont pas voulu le dépanner pour le fric, ces rats.

Il ne va plus aux soirées, il a l'impression que les filles ne le calculent plus.

Ses notes baissent, il est trop fatigué, il ne retient pas bien. Il cache ses mauvaises notes, parce que si ses parents les voient, il devra direct cesser la pizzeria, il le sait. Il se dit c'est pas grave, c'est un mois, c'est deux mois, ensuite j'arrête, je reprends ma vie normale, sans taf.

À certains moments, il se dit même, si je suis sérieux, si je rembourse bien tout, peut-être qu'ils me feront à nouveau confiance, Sofiane et Ilyès, peut-être qu'ils seront d'accord, pour que je vende encore. Il sourit, il pense aux prochaines soirées, il voit les filles et les nuages de fumée.

L'exposé, au début, ils sont tous les trois un peu stressés. Même Lina qui joue sa bonhomme se ronge les ongles. Quand ils commencent à parler il y a des petits ricanements au début et puis finalement ça intéresse tout le monde. Mme Savanier craignait le pire, on ne sait jamais avec les jeunes, il suffit de dire sexe pour qu'ils rigolent, alors un festival de cinéma lesbien, elle se demandait. Mais Lina et Margaux, on ne rigole pas d'elles, Mohammed-Ali est populaire, et puis ils commencent à en voir des femmes qui aiment des femmes, à la télévision, ou dans la rue, ou dans leur famille, ça n'est plus si bizarre. Ça la rassure, Mme Savanier, elle se dit de son temps ça n'aurait pas été pareil, quand elle était à leur place, dans leur collège. Elle se concentre pour écouter l'exposé, pour poser des questions, faire des remarques.

Mohammed-Ali cherche Aimée des yeux, il essaye d'être discret, il balaye la salle et il ne la fixe pas plus d'une ou deux secondes, c'est déjà long une ou deux secondes, c'est un coup à se griller. Il la cherche des yeux et puis il se dit surtout je ne dois pas le faire, je dois parler sans chercher à savoir si ça lui plaît, si elle écoute. Ils sont trois sur la petite estrade, Lina, Margaux, Mohammed-Ali, et ça commence, ils se lancent, ils racontent, comment on organise un festival, la synergie entre cinéma et associations, la nécessité de choisir des films, de prévoir les invitations bien longtemps à l'avance, d'informer le public, d'organiser l'événement dans ses détails les plus précis. Ils insistent sur les objectifs du festival, artistiques et militants : choisir de bons films, des films intéressants, et faire bouger les mentalités, parce qu'il y a tellement de films qui font comme si l'homosexualité n'existait pas. Ils concluent à trois, une phrase chacun, pour bien montrer que c'est leur exposé à tous, toutes les trois.

Alors voilà, cet exposé, au début, c'était une idée comme ça, une curiosité mal placée, peut-être, mais finalement, on a compris des trucs, on a compris plein de trucs, une femme qui aime les femmes, ça devrait être sans problème, ça devrait être sans cliché, sans que ça fasse peur, ça devrait être comme une femme qui aime les hommes, on est encore jeunes, peut-être il y en a parmi nous qui aimeront des personnes de même sexe, pour la vie ou de temps en temps. Alors, avec tout ça, un festival du film lesbien, ça pourrait paraître paradoxal, parce que ça semble désigner, ça semble isoler, mais dans la société comme elle est, aimer une femme, quand on est une femme, ça veut dire parfois être moquée, ou être invisible, ou être vue comme pas vraiment une femme, tout ça, ça forge un caractère, une sensibilité, ça peut faire du mal mais ça peut aussi faire de l'art, faire du cinéma. Alors ça se tient, ça se justifie, en tout cas nous ça nous a intéressés, ça nous a ouvert les yeux. Ces femmes, elles font leur festival pour se battre contre la honte, la honte imposée, la honte subie. Ça vaut pour tous les domaines. N'ayons pas honte, n'ayez pas honte, de ce que nous sommes, de ce que vous êtes.

Une fois l'exposé fini, grand silence, Mme Savanier se

demande si c'est bientôt l'heure de manger ou si les élèves sont impressionnés, ou apathiques. Mohammed-Ali n'ose plus regarder vers la place d'Aimée, c'est comme si son cou ne tournait plus dans ce sens, si son visage était coincé exactement de l'autre côté. Il n'a pas trop vu ses réactions pendant l'exposé.

Et puis d'un coup ça commence, les questions fusent. Il y en a de toutes les sortes, des très naïves, des provocatrices, des bienveillantes, des choquées, des qui font genre choquées, des agressives.

Les lesbiennes, en fait, c'est des femmes, elles se sont fait recal par les hommes, c'est ça ?

Une femme et une femme, c'est pas vraiment de l'amour.

Ah bon, précise ?

Ben non, c'est pas de l'amour parce qu'elles ont pas de… elles peuvent pas… il leur manque un pénis pour mettre dans leur trou, quoi.

Lina répond : ah ouais ? pourtant, toi, tu sais bien faire des trucs avec tes mains, sous ton drap.

Margaux s'en mêle aussi : tu crois quoi, que les filles elles peuvent pas se débrouiller entre elles, pour se donner du plaisir, tu crois qu'elles ont besoin d'un homme ?

Ben quoi, elles peuvent commencer, mais il faut bien un mec pour finir le travail.

Tu regardes trop de pornos, mon gars, tu sais pas comment ça marche, en vrai, le plaisir des filles.

Mohammed-Ali essaye d'avoir le ton le plus neutre possible, il imagine qu'il est un scientifique en blouse blanche avec des grands mots et des schémas pour expliquer, il parle et il se dit oh my god c'est moi qui suis en train de dire ça : Il y avait un film sur ça, justement, ça disait que le plaisir féminin ne passe pas principalement par la pénétration mais par le clitoris, aussi, c'est un organe féminin qui se situe sur la vulve, qu'on peut exciter par des caresses, et puis bon, il y a les autres caresses, tout ça. Il se tait et il réalise, je suis en train de parler bouillave en présence d'Aimée, je vais la choquer, elle va croire que je suis un chaud, un obsédé, un mort-de-faim, ou alors elle va tout comprendre, elle va entendre dans les tremblements de ma voix que j'ai jamais embrassé une fille, même pas une cousine pour jouer quand j'étais enfant. Il ose un petit œil dans sa direction, elle est concentrée, elle écoute, elle n'intervient pas, elle ne parle pas trop en classe, elle est timide avec les profs. Allez, pose une question, il se dit, montre que ça t'intéresse, que tu n'es pas choquée. Mais ce sont les autres qui parlent.

Il y en a qui se moquent

Eh lover, tu es un connaisseur toi !

Une voix de fille : eh il a raison d'en parler, c'est pour ça que des femmes se battent contre l'excision, ma mère est dans une association. Si y en a qui connaissent pas, je leur en parle, mais je vous préviens c'est vraiment gore.

Mme Savanier stresse un peu, elle se demande quelles seraient les réactions des parents, il y en a qui ne voudraient pas qu'on parle de tels sujets à l'école, même s'ils sont grands, ils ont quatorze ans, elle imagine les plaintes au principal et elle se demande dans quoi elle s'est engagée, alors elle intervient, elle précise, c'est intéressant, tous ces éléments, mais ça n'est pas un cours d'éducation sexuelle, nous ne sommes pas là pour faire l'apologie d'une forme d'amour ou d'une autre mais pour vous présenter le monde tel qu'il est, il y a des femmes qui aiment les femmes et il y a des femmes qui aiment les hommes, il y en a qui peuvent aimer les deux, mais là n'est pas la question, il y a ce festival qui existe avec cette thématique et vos camarades y ont participé.

Lina rigole, madame, vous dites, c'est pas sexuel, pourtant les films, il y en avait de très sexuels.

Et ça recommence à fuser :

Par rapport à la religion, j'avoue, des femmes qui vont avec des femmes, c'est pas bien, c'est direct l'enfer.

Tu es qui, toi, pour juger, laisse Dieu juger.

La vérité, j'ai rien contre, mais ça me dégoûte.

Ah ouais ben moi c'est toi qui me dégoûtes.

En plus, les lesbiennes elles sont moches

N'importe quoi, tu dis ça parce qu'elles s'en battent les couilles de toi, alors tu as le seum !

Vous savez quoi, c'est comme de tout, y en a des belles et des pas belles.

Je dis pas que c'est pas bien, mais dans ma famille, ça existe pas, ça serait pas possible.

Moi je trouve ça pas normal, que des fois elles doivent se cacher. L'homophobie, c'est comme du racisme.

Une femme avec une femme ça me dérange pas mais un homme avec un homme ça me plaît pas.

Et pourquoi tu dis ça ? c'est pareil frère !

Il faudrait des stars qui disent qu'elles aiment des femmes, ça passerait mieux, ça montrerait aux autres.

De toute façon, maintenant, c'est bien, dans plein de films et de séries, y a des homos.

La vérité, j'ai appris des choses, avec votre exposé.

Lina, Margaux et Mohammed-Ali répondent comme ils peuvent, d'autres s'en mêlent aussi, quand ils sèchent Mme Savanier complète, elle aimerait que rien ne soit figé, qu'ils n'abusent pas des catégories. Elle est contente car Lina, Margaux et Mohammed-Ali s'en sortent bien, et leurs réponses sont plus efficaces, ils parlent avec les mêmes mots que ceux qui les questionnent. Dans l'ensemble, ça se passe bien. Il y en a peu que ça choque, peu qui sont intolérants. Même ceux-là, on ne sait pas s'ils surjouent ou s'ils sont sincères.

À un moment donné, il y a une élève, Inès, une qui ne parle pas beaucoup, discrète, qui lève la main, elle a l'air émue, elle se lève, la voix qui tremble, elle dit merci pour votre exposé, c'était bien, elle dit je rêve d'un monde un jour où on te demande plus de te ranger dans une case, où on ne te met pas une étiquette, genre tu aimes les garçons, tu aimes les filles, un monde dans lequel ça ne compte pas, parce que ce qui compte c'est d'aimer une personne, c'est tout. On voit qu'elle a pris tout son courage à deux mains, elle a hésité, elle a attendu le dernier moment de la fin des questions, il fallait que ça sorte, c'est important pour elle. Elle arrive quand même à faire de l'humour. En plus, on pourrait pécho deux fois plus. Elle se rassoit. Elle est essoufflée, elle a fait un vrai discours genre tirade dans les pièces de théâtre, il y a quelqu'un qui commence à applaudir, une bonne partie de la classe applaudit, et aussi Mohammed-Ali, Lina et Margaux, on ne sait pas très bien qui applaudit quoi, si c'est Inès ou les élèves qui ont fait l'exposé, ce sont des applaudissements qui permettent de relâcher la tension, parce qu'il ne devrait pas y en avoir, ça devrait être normal et on devrait pouvoir dire tout ça, mais il y en a quand même.

Mme Savanier est soulagée, ça s'est bien passé. Lina, Margaux et Mohammed-Ali sont contents, ils sont fiers parce qu'ils savent que c'était bien, ce qu'ils ont raconté. Ils la remercient et pour les deux filles, c'est très inhabituel, de trouver qu'une prof est bien.

À la sortie du cours Aimée s'approche de Mohammed-Ali, elle est sans ses gardes du corps, sans Mariama et Aminata qui traînent encore à ranger leurs sacs, le rythme cardiaque de Mohammed-Ali s'accélère, il monte une pente forte en pleine montagne, l'oxygène se raréfie, le soleil le fait cligner des yeux et son nez le pique. Ma joueuse de foot préférée, elle est lesbienne, elle lui dit, j'ai pas osé raconter ça en classe, mais c'est vrai. Il faut un petit moment avant que l'information traverse la tête de Mohammed-Ali, elle avance doucement doucement, et petit à petit il comprend, mais sa cage thoracique est en surchauffe, il n'arrive pas à dire autre chose que ah bon ? Heureusement Aimée ne lâche pas l'affaire, elle continue, elle explique : Megan

Rapinoe, elle s'appelle, c'est une Américaine, des États-Unis, elle jouait à Lyon, c'est mon équipe préférée, en foot féminin, elle joue milieu latéral, elle marque des buts, c'est une créatrice, c'est elle qui fait le jeu, elle n'a peur de rien, aucune défense, et elle a dit publiquement qu'elle aime les femmes, elle est en couple avec une femme, une artiste. Elle aussi c'est une artiste à sa façon, pendant les matches.

Mohammed-Ali n'a jamais entendu aussi longtemps le son de la voix d'Aimée. Elle ne lui a jamais parlé autant. Lui n'arrive pas bien à aligner une phrase, c'est super, il dit, ah ouais elle marque des buts, je la connaissais pas, tu sais moi, le foot féminin. Et là il se dit voilà j'ai merdé, elle le foot féminin c'est sa vie et je dis que moi ça me concerne pas, il voudrait ne pas avoir prononcé ces mots, il est idiot, il essaye de se rattraper, mais je devrais m'y intéresser plus, ça a l'air super, mais je suis plutôt Marseille que Lyon, c'est de famille, ça me vient de mon père. Il se trouve nul, c'est la cata, Aimée continue à lui parler, à lui sourire, du coin de l'œil dans le couloir il voit Margaux et Lina qui regardent, Lina lui fait même un signe avec le pouce levé, elle l'encourage, c'est pas discret, pas du tout discret, il détourne la tête pour regarder Aimée, elle est belle, elle est belle, et puis elle a des trucs à dire, il s'apprête à parler, à raconter comment ils sont allés à Paris, tous les trois, pour faire leur reportage.

À ce moment Zako arrive, wesh Mohammed-Ali, tu devais m'aider pour les maths, tu viens, il le chope par l'épaule, il ne calcule pas Aimée, il ne regarde jamais une fille dans les yeux, trop impressionné, mais il l'éloigne d'elle, je te laisse, elle dit, je vois que tu es occupé, Mohammed-Ali ouvre la bouche, je dois y aller mais on en reparlera, il voudrait dire, mais Zako a entendu foot et OL et Marseille, alors il chambre, il lance un cri à la gloire du PSG, c'est son équipe, la phrase de Mohammed-Ali en devient inaudible, Zako est un bourrin, il chahute son pote en criant Marseille, c'est de la merde. Aimée lui fait un petit geste de la main, elle a l'air désolée, est-ce qu'elle a pitié de lui, est-ce qu'elle a honte d'avoir parlé à un mec qui a des amis pareils, Mohammed-Ali ne sait pas, il voudrait savoir, il suit pourtant Zako dans le couloir.

Il est vraiment super énervé, tu es con Zako, tu es un gros con, tu sers à rien, Zako ne comprend pas, il s'énerve aussi, on peut plus te parler depuis que tu es pote avec ces filles, eh gros, tu es le genre de gars qui oublie ses potes quand il a une meuf, j'ai pas de meuf, il répond Mohammed-Ali, je risque jamais d'en avoir si je traîne avec toi, ah ouais, ah ouais, excuse-moi d'être là, excuse-moi d'être ton pote, je t'ai jamais lâché moi, et moi, je t'ai lâché, je les ai pas faits, tes exercices, en retard, je te les ai pas expliquées, tes leçons, parce que tu as toujours besoin de moi, espèce de crevard.

Zako a les larmes aux yeux, toi tu as tes parents qui peuvent t'expliquer, moi non, toi tu vis tranquille, tu as ta maison et ton jardin, tes frères ils sont tranquilles, moi les miens ils font du bruit, ils m'embrouillent le cerveau, je suis pas un clochard, je veux pas ta pitié, je me débrouillerai pour les exercices, je me casse, lâche-moi maintenant.

Mohammed-Ali voit bien qu'il a abusé, il est allé trop loin, il voudrait dire tu exagères, rien que mes petits frères c'est des diables autant que les tiens, mais Zako est vexé, il est vexé à mort, c'est pas bien de dire ce qu'il a dit à un pote. Mais il est encore énervé. Alors il le laisse partir, j'ai pas besoin de lui, de toute façon, il se dit, j'ai mes potes de tag, j'ai Lina et Margaux. J'ai Aimée.

On sonne au portillon et Mohammed-Ali ouvre la porte, Veerenteran lui sourit, il a son ballon de basket à la main, lui propose de venir jouer sur le terrain à deux pas. Ça devient rare qu'ils se voient, ils sont moins copains, c'est un fait. Au CM2, ses parents ont mis Veerenteran dans l'école catholique, pour être sûrs d'avoir une place au collège ensuite. Ils sont hindous mais ça ne les dérange pas que ce soit catholique, ce qui compte pour eux c'est que leur fils ait de bonnes fréquentations. Ne plus aller à l'école, puis au collège, ensemble, ça les a éloignés. Mohammed-Ali s'est rapproché de Zako. Ils se voient encore avec Veerenteran, mais ils n'ont pas les mêmes amis, pas les mêmes profs, pas les mêmes passions. Ils n'ont plus grand-chose à se dire, alors ils font des choses ensemble. On n'a pas besoin de parler quand on joue au basket. Mohammed-Ali n'aime pas trop le basket, en vérité, ça le gonfle de sauter, de faire rebondir le ballon, mais sa mère est contente de le voir aller au sport. Et lui ça va le calmer. Ça lui évitera encore de penser à l'exposé, de revoir sa conversation dans le couloir avec Aimée, est-ce qu'il a bien répondu, est-ce qu'il aurait dû faire une blague, ou dire un truc sérieux.

En chemin, il y pense encore, parce qu'avec Veerenteran, ils se parlent à peine, ça va, ça va. Mohammed-Ali se demande s'il y a des amis enfouis sur lesquels poussent les nouveaux amis. Les vieux bouts d'amitié se décomposent, ils se transforment en terreau, si on fouille, ça grouille de souvenirs. Pourtant, honnêtement, ils s'effacent, ceux avec Veerenteran, dans le passé flou du temps de l'école.

Ils croisent les Paindépice qui reviennent du marché, le caddie rempli de fruits, de légumes. Jamais de bananes, toutefois, parce qu'elles n'ont pas le goût de celles de leur enfance, en Martinique, ils ne se font pas aux bananes sans goût d'ici. M. Salah balade son american staff, il voit le ballon et il s'approche d'eux, M. Salah le rappelle, il n'est pas méchant, il dit toujours, mais Mohammed-Ali se méfie des chiens. Veerenteran aussi, il ne veut pas qu'il lui crève son ballon, même pour jouer. M. Haroun bricole son moteur de voiture, il ajuste le niveau d'huile ou autre chose de plus compliqué. Il les salue. Le mari chinois passe assez vite à trottinette, il travaille dans un restaurant japonais dans la ville d'à côté.

Quand ils arrivent sur le terrain, un des paniers est déjà occupé, ils prennent l'autre, en un contre un. Veerenteran devrait être meilleur, il joue souvent au basket, mais Mohammed-Ali est plus grand et plus rapide. Il ne gagne pas largement, mais il met plus de paniers. Veerenteran s'essouffle, Mohammed-Ali le passe, il rate son panier. Ceux de l'autre panier leur proposent de faire un match. Veerenteran refuse, limite impoli. Mohammed-Ali aurait préféré faire un match à plusieurs. Ça l'énerve un peu ce refus de Veerenteran. Il n'a pas changé, toujours un peu sauvage. Il se demande s'il a réussi à se faire de nouveaux copains, c'est une des raisons, aussi, pour lesquelles ils se sont éloignés. Veerenteran n'a toujours eu qu'un copain, exclusif. Il a du mal à aller vers les autres. Mohammed-Ali culpabilise un peu d'être énervé, de ne jamais aller vers Veerenteran, de ne jamais l'appeler, puis il se dit après tout, c'est lui qui m'a laissé, c'est lui qui est parti, il est de mauvaise foi, il le sait, ce sont ses parents qui ont décidé pour lui.

Il tente un dernier shoot, le rate. Bon, Veer, j'y vais, faut que je travaille. Veerenteran reprend le ballon, difficile en regardant son visage de savoir si ça le rend triste ou s'il comprend, si ça lui suffit, comme amitié, de voir son pote autour d'un petit match. Ils repartent tous les deux, Veerenteran parle cette fois, il raconte leur match à Mohammed-Ali, comme s'il n'y avait pas participé, il reprend chaque action, chaque panier. Il a l'air content, finalement.

Lina est déjà réveillée, elle a pris sa douche, elle met ses crèmes sur le corps, sur le visage, elle se maquille. Être belle c'est se respecter, elle dit quand ses frères l'emmerdent. Il y en a qui ont de l'argent, ils peuvent avoir l'air de n'importe quoi, elle, ça ne pardonnerait pas. Être belle c'est sa fierté, sa manière de prendre de la hauteur. Ça et puis ne pas hésiter à taper si on l'embête. Une fille ça doit savoir se défendre, elle l'a vite compris avec ses deux frères.

Tous ces soins ça lui prend du temps alors elle est la première debout dans la famille. Elle a des pensées qui trottent dans sa tête. Ça déroule sans faire exprès, elle passe du cours d'histoire de la veille aux vannes de Margaux, un petit flash sur Mohammed-Ali, il est mignon quand même tellement il est timide, puis ça vient sur ses frères, ils étaient énervés la veille quand ils sont rentrés, il était question d'argent, de dette, Sofiane a sorti des billets pour un match, il a rigolé, on peut pas se payer avec ça, il a dit. Il n'aime pas trop le foot, Sofiane, ça l'intéresse pas, le sport, il préfère le bizness. Il met bien un survêt du Barça ou Dortmund, comme tout le monde, il en discute vite fait, mais c'est pas son truc.

Lina regarde sa montre, une montre classe qui brille, il est six heures trente, elle se dépêche. Elle sort de la salle de bain quand ça tape très fort à la porte une première fois. Silence. Ça tape fort une deuxième. Alors elle comprend, c'est la police. Elle agit vite. Elle sait où ils cachent leur shit, ses deux frères. Elle prend tout et elle met dans son sac de cours, avec des livres dessus. Elle met son sac sur le dos. Sa mère ouvre la porte, elle met du temps, elle est paniquée, ses mains tremblent sur les clefs, elle dit attendez, attendez, j'ouvre, enfoncez pas la porte ! Les policiers entrent et la bousculent, ils parlent fort, ils sont où Ilyès et Sofiane, ils sont où, sa mère pleure, Ilyès et Sofiane sortent en caleçon et T-shirt, l'air ahuri, les flics leur sautent dessus, ils les menottent, tenez-vous tranquilles, il est où votre shit, le shit, quel shit, il dit Sofiane, il sait qu'ils en ont, pas une grosse quantité, ils évitent, mais assez pour avoir des problèmes. Il se prend une claque sur la nuque, ne frappez pas mon fils, elle crie leur mère. Lina sort de sa chambre, sac sur le dos, petite fille sage sur le chemin de l'école, toi tu bouges pas il dit le flic, elle prend sa voix la plus polie, monsieur, je dois aller en cours, s'il vous plaît monsieur, vous venez pour mes frères pas pour moi, mon collège il est loin, je vais rater mon bus, ensuite il y a le RER. Le policier hésite, une de ses collègues dit c'est bon, laisse-la partir, ouvre quand même ton sac, elle dit, Lina l'ouvre vite fait, l'autre regarde à peine et ne voit rien, dégage et tiens-toi tranquille, il dit l'autre flic, si tu nous ramènes leurs potes on t'embarque, tu as compris, on t'embarque, laisse tomber c'est une collégienne, elle dit sa collègue, collégienne tu parles, elle fait plus, mais bon ça va, elle dégage.

Lina part le plus normalement possible, elle ne court pas dans l'escalier, elle regarde derrière elle, ils ne la suivent pas, la perquisition continue sans elle, elle s'éloigne des grognements de ses frères et des cris de sa mère.

Elle envoie des textos pendant la journée, ses frères lui disent ça va, rien de plus. Le soir quand elle rentre ils sont là, l'appartement est encore chamboulé, sa mère a passé la journée à ranger mais il reste du désordre. Ilyès et Sofiane ont l'air toujours ahuri depuis le matin, étonnés de ne pas avoir été arrêtés. Ilyès lui prend le bras, il l'emmène dans leur chambre avec Sofiane, Lina, explique-moi, comment c'est possible que les flics n'aient pas trouvé le shit ? comment c'est possible que nous on le retrouve pas non plus ?

Lina triomphe, elle sort le shit de son sac, elle dit comment vous feriez sans une sœur aussi intelligente, vous dormiez comme des paresseux, moi j'ai agi, je sais où vous le cachez votre shit, j'allais pas vous laisser tomber, elle aurait fait quoi maman avec vous deux en prison.

Ilyès et Sofiane la prennent dans leurs bras, t'es trop forte, ma sœur, t'es trop forte, ils rigolent. Tu aurais vu la gueule des condés, on aurait dit le PSG face à Barcelone, ils croyaient avoir touché le gros lot, ils se sont pris la remontada, le flic avec la bebar, il avait le seum, il avait le seum grave, il gueulait contre sa collègue, fallait voir comme il lui parlait mal. Il faut plus jamais mettre du shit à la maison, même une petite quantité, faut trouver une cachette, une nourrice, promis aujourd'hui ça dégage, mais toi on t'en doit une, dis-nous ce qu'on peut faire pour toi.

Lina réfléchit un peu. Ça peut se monnayer cher, un tel service qu'elle leur a rendu. Elle pense à Mohammed-Ali et Aimée. Elle a envie d'être généreuse décidément aujourd'hui.

Ilyès, Sofiane, je vous ai bien sauvés, va falloir être très gentils avec moi, et pour commencer je voudrais bien vos deux billets, là, pour le match.

Sofiane hallucine, tu t'intéresses au foot, toi ? France-Allemagne au Stade de France, ça te parle ? OK, c'est pour toi. Je m'en fous de cette équipe de clochards de toute façon, ils vont jamais rien gagner.

Il lui donne les billets, Ilyès rigole aussi, bon match, sœurette.

Zako aimerait être un bon musulman, il va parfois à la mosquée, pour la prière du vendredi, mais il y a surtout des darons, peu de jeunes. Il regarde sur internet mais il sait qu'il y a beaucoup de bêtises, des qui prétendent savoir alors qu'ils ne savent rien. Il a essayé de lire le Coran mais il ne parle pas arabe et en français il ne sait pas si c'est bien traduit. C'est dur à lire, pour lui c'est la parole directe de Dieu mais il ne comprend pas tout, il faudrait être un grand savant, il faudrait étudier aussi les hadith, ces faits de la vie de Muhammad rapportés par ceux qui ont connu ceux qui l'ont connu. Sa mère lui dit prie mon fils, ne mange pas de porc, c'est le principal. Depuis cette année il fait le ramadan, c'est dur mais il est fier. En plein été il faisait chaud, surtout ne pas boire, c'était difficile. Il a tenu, même quand il jouait au foot en plein soleil. Il a perdu du poids mais il a tout repris, ensuite.

Il y a plein de choses qu'il ne sait pas. Il ne sait pas s'il faut manger tout halal, il ne sait pas ce qui est vraiment halal et si ce n'est pas mensonger, il ne connaît pas bien tout sur le licite et l'illicite. Il se dit, si je fais le bien, je suis dans le chemin de Dieu, mais c'est quoi le bien ? Tout ce qu'on dit sur les musulmans en France, ça le saoule : les attentats, les femmes voilées qui sont mal vues. Il se dit ce n'est pas possible, on nous met tout sur le dos. Ceux qui tuent, c'est pas de l'islam. Il y a aussi les sunnites, les chiites, c'est compliqué, tout ça. Il n'en parle pas avec Mohammed-Ali qui s'en fout un peu, de la religion, ni tellement avec d'autres potes. Il bricole tout seul, en attendant de rencontrer les bonnes personnes. Et il écoute le conseil de sa mère, il prie. Cinq fois par jour, il n'y arrive pas, il faudrait se lever tôt le matin, faire ça au collège, aussi. Et puis le soir. Mais deux trois fois, c'est jouable. Si tu pries faut pas qu'on te voie, elle dit sa mère, faut pas qu'on s'imagine je sais pas quoi, tu fais ça à la maison, bien, à la mosquée, bien, ne te fais pas remarquer. Il ne sait pas trop quoi faire quand il prie, il fait les ablutions, puis il se met au sol en direction de La Mecque, il a utilisé une boussole pour ça, il se prosterne, il récite des sourates qu'il connaît, il n'est pas sûr des mots, de la prononciation, mais il essaye. La première sourate, la fatiha, il y arrive, les autres, certaines, il connaît le début. Ensuite il parle à Dieu, ce n'est pas ce qu'on doit faire, normalement, mais il ne peut pas s'empêcher de penser, de s'adresser, alors il fait ça comme s'il se parlait à lui-même et il dit des choses, il demande des choses.

En ce moment ce qu'il y a dans sa tête c'est beaucoup Mohammed-Ali, c'est mon ami, il se dit, mon meilleur ami, mon seul ami, il se rappelle le temps où il n'en avait pas, c'était pas facile à l'école, chez les petits, je voudrais qu'il reste mon ami, mais il s'éloigne, on est moins dans le même délire, il croit quoi, il me regarde de haut, c'est quoi un pote, un pote ça reste, je veux rester son ami, pourquoi il est comme ça, pourquoi il reste avec ces filles, elles se la jouent racailleuses, elles se prennent pour qui, elles sont bêtes en plus et lui il devient bête aussi, il a changé. Je voudrais être encore à l'école, être encore au début du collège, je suis un gamin et alors, je veux rester un gamin, avec mon pote et sans ces histoires de filles, avec mon pote et rien qu'avec lui. Ça serait plus simple. C'était plus simple.

Zako en pensée s'éloigne des sourates, il divague, il a le collège dans la tête, ça trottine, ça lui fait de la peine. Il se relève, sa prière est finie.

Lina et Margaux lui ont envoyé pas mal de messages sur son téléphone, il n'a pas trop répondu, je travaille, il leur a dit, elles savent bien que ça n'est pas vrai. Dès qu'il entre dans le collège elles le chopent, eh gros, tu nous ignores ?

Margaux enchaîne direct, il faut que tu te bouges, elle a fait le premier pas, elle est venue te parler après l'exposé, maintenant il faut que tu passes en phase deux. Arrête d'attendre.

Lina répète la même chose :

Elle te parle maintenant, elle te kiffe depuis l'exposé.

Mohammed-Ali ne sait pas trop quoi dire. Il sèche. Il essaye d'argumenter, Zako m'a cassé mon coup, il est venu faire son gamin, les filles font tatata, et puis Lina sort de son sac deux billets, elle les lui tend.

On doit faire tout le boulot pour toi, gros. Regarde, j'ai chopé des billets pour le match France-Allemagne au Stade de France, tu les prends et tu l'invites. Elle aime le foot, tu lui en donnes, c'est comme ça qu'on drague. Je dis ça, je t'apprends la vie.

C'est trop bien. C'est original, c'est mieux qu'une invitation au grec ou au cinéma. Mohammed-Ali ne sait pas comment les remercier, Lina et Margaux, il a envie de leur dire je vous adore, les filles vous êtes trop fortes, je vous kiffe comme le nutella, mais elles ne le laissent pas terminer, on a fait un bon exposé avec toi, on voulait te remercier, tu es un intello et tu nous regardes pas comme des cas soc', alors profite bien, c'est pas tous les jours qu'on est gentilles, nous, mais aujourd'hui c'est pour toi.

Mohammed-Ali a les yeux grands ouverts, mais il ne voit rien, il pense, il est debout dans la cour du collège, Aimée est venue me parler, elle aime le foot, j'ai deux billets pour le match. Il bloque, il a peur, je ne sais pas comment l'inviter.

Mohammed-Ali a deux places pour le match et en temps normal il n'hésiterait pas, il proposerait ça à son meilleur pote. Zako serait super heureux. Pourtant, pour lui c'est clair la place est pour Aimée. Il se demande si grandir c'est trahir, faire de la place à d'autres et virer ceux qui sont déjà dans son cœur. Il adore Zako mais maintenant il y a Aimée, il y a Lina et Margaux, il y a ses potes de graff, Miss Sabire, Astr, Balek. Il y a leurs délires d'avant à lui et Zako, leurs gamineries, il y a tout ce qu'il découvre avec les autres, un gros gâteau qu'il veut dévorer, manger jusqu'aux moindres miettes.

En vérité, il ne se pose même pas la question de proposer à Zako. Par contre savoir comment demander à Aimée, c'est compliqué. Ça lui occupe l'esprit. Il faut lui dire une semaine à l'avance, au moins, et il n'a même pas demandé à ses propres parents. Il ne sait pas s'il faut avoir l'air cool, détaché, comme s'il proposait à un pote de venir jouer à la console. Ou bien lui demander son numéro, lui envoyer un message avec des emojis. Ou alors la faire solennelle, genre *dating* dans les séries américaines. Il ne sait pas, il n'a jamais fait ça, il n'ose pas préparer avec Margaux et Lina, elles se moqueraient de lui. Il ne veut pas les croiser ce matin.

Dans le chahut d'un couloir il se retrouve presque par hasard à côté d'Aimée, elle lui dit bonjour, elle lui sourit. Mariama et Aminata ne sont pas loin, mais elles ne s'approchent pas, elles semblent accepter qu'ils se retrouvent un peu seuls tous les deux, elles surveillent de loin, elles veillent sur leur copine. Mohammed-Ali se dit, elles vont rappliquer, elles vont tout gâcher.

Alors il ne se laisse pas le temps de réfléchir ou de préparer, il dit très vite et sans respirer, j'ai deux places, ça te dit, on irait le voir ensemble, elle ne comprend pas, deux places pour qui, pour quoi ? Deux places pour le match de la France, pour France-Allemagne au Stade de France, match amical, je ne sais pas si c'est très bien placé, je n'y suis jamais allé. T'es sérieux, t'as deux places pour le match, pour toi et pour moi ? Oui j'ai deux places, si ça te dit, sinon j'y vais avec un pote, mais ça me ferait plaisir avec toi, voilà dis-moi. T'es sérieux, mais bien sûr que ça me dit, et elle le hugue devant tout le monde, elle lui fait un bisou qui claque sur la joue, dans le couloir ça tchipe et ça rigole. Zako fait une drôle de tête, Lina et Margaux pour une fois ramènent le calme, taisez-vous, bande de crevards, laissez-les, vous êtes des gamins, vous avez jamais vu une fille faire la bise à un garçon ? Mariama et Aminata approuvent, elles font les gros yeux et le chahut se tasse.

Mohammed-Ali pense elle m'a embrassé sur la joue, qu'est-ce que ça veut dire, ça ne veut rien dire, elle est contente, ou alors elle me kiffe, ou alors elle est contente, de toute façon elle vient avec moi, c'est gagné, elle vient.

Ils échangent les numéros pour organiser tout ça, il faut que je demande à mes parents, elle dit, bien sûr, bien sûr, il fait le mec cool et puis il réalise que lui aussi, il faut qu'il leur demande.

En cours il a du mal à se concentrer, Zako lui parle, alors comme ça tu as deux places pour le match France-Allemagne, il paraît, tu penses à ton pote ?

Mohammed-Ali est posé dans le canapé, il regarde son téléphone, il étudie le trajet pour aller au match. Il n'en a pas encore parlé avec ses parents. Vendredi, on mange chez Mamicha, il dit son père. Elle nous prépare un couscous. Mohammed-Ali sursaute, il lâche son téléphone qui tombe sur le tapis. Papa, c'est pas possible, vendredi je vais voir le match, France-Allemagne. J'ai eu deux places. Son père s'énerve, tu crois que tu as l'âge pour voir un match sans adultes, tu préfères voir un match avec Zako que voir ta grand-mère ? C'est pas avec Zako. Mohammed-Ali l'a dit tout doucement. Quoi, qu'est-ce que tu dis ? C'est pas avec Zako, c'est avec Aimée, une copine. Une copine, tu as une copine ? C'est pas ma copine, c'est une copine.

Son daron appelle sa mère, elle débarque, elle rigole un peu, tu crois quoi, il fallait bien que ça arrive, qu'il ait une copine.

Mohammed-Ali répète, c'est pas ma copine.

La daronne lui sourit, un sourire genre c'est ça, genre ouais ouais attitude, ça l'énerve Mohammed-Ali, mais il ne le montre pas, parce que dans ce genre de situation la daronne est de son côté, alors faut laisser faire.

Tu es d'accord qu'il y aille, il dit son père, et sa mère elle dit mais oui, on peut y aller le lendemain, chez ta mère.

Non mais attends elle a tout prévu, elle a invité mon frère, aussi.

Ça discute souvent sur ce genre de choses, les repas chez Mamicha, la famille et le couscous.

Elle ne va pas le cuisiner une semaine à l'avance, son couscous, et ton frère si ça se trouve ça l'arrange, de pouvoir regarder le match, lui aussi. On peut faire ça samedi.

Ils s'aiment bien, ses parents, mais ils aiment bien discuter, c'est récurrent. Par exemple sur son prénom :

Papa, maman, pourquoi je m'appelle Mohammed-Ali ?

La daronne : c'est pour le boxeur, c'était un grand champion.

Le daron : c'est pour la religion, on voulait un beau prénom musulman.

Là, le débat est lancé. Pourtant le daron ne pratique pas tant que ça, il fait le ramadan vite fait, Mohammed-Ali l'a déjà surpris en train de fumer une cigarette, de boire un verre d'eau ou de manger des cacahuètes en cachette. Et puis c'est tout, pas de mosquée, pas de prières, c'est dans le cœur et dans la tête, il dit le daron. Les grandes fêtes en famille, deux fois, chez Mamicha et chez les autres grands-parents, mais c'est tout. La daronne ne discute pas de ces choses-là, elle ne fait pas le jeûne, je suis trop fragile, elle dit, et toi fais ce que tu veux, tu es grand, tu décides.

Il y a encore palabre pendant un petit moment sur le match, finalement le daron appelle Mamicha, il appelle son frère, les deux coups de fil durent longtemps, il doit expliquer, en plus il ment, une réunion imprévue au travail, qui risque de finir tard, il n'a pas le choix. Son frère est bien content sans doute de voir le match mais il fait semblant d'être déçu, il veut passer pour le bon fils.

Ensuite quand c'est réglé le daron et la daronne lui donnent tous les conseils d'usage, et tu prendras quel RER, et tu auras de l'argent avec toi, et fais attention, et ne suis pas les mouvements de foule, et tu rentres dès que c'est fini, le match, et tu veux pas qu'on t'emmène en voiture, et comme ça on la voit, cette fille, mais je vous dis que c'est pas ma copine, Aimée, elle s'appelle, c'est un drôle de prénom. Finalement ils les emmèneront en voiture, ils viendront les chercher, ce n'est pas négociable. Mais bon, il peut y aller.

Le mercredi après-midi, Aimée encadre les U8. Quand l'entraîneur le lui a proposé, il lui a dit tu es la meilleure joueuse du club, tu es sérieuse, c'est normal que tu nous aides pour les petits, tu verras, ils débutent, c'est intéressant de leur apprendre, de leur montrer les gestes, la technique, la tactique. C'est bien qu'ils voient des filles qui jouent au foot, pour l'exemple, pour donner envie à leurs sœurs, pour ne pas décourager les petites filles qui sont déjà là. Je ne sais pas si j'en suis capable, elle avait répondu. Il lui avait mis la main sur l'épaule, je te fais confiance.

Elle n'est pas l'entraîneuse principale, il y a un coach, ce n'est pas son coach à elle, il gueule parfois trop fort sur les petits, il regarde beaucoup son téléphone pendant les exercices, mais elle apprend des trucs quand même. Les petits, elle les adore, ils sont mignons, ils sont minuscules, ils ont tendance à courir tous ensemble derrière le ballon au lieu de se placer, à faire des frappes molles dans les bras du gardien, à se jeter par terre comme ils ont vu à la télé alors qu'il n'y a rien, pas une faute, mais elle leur pardonne tout ça. Ils la font bien rigoler. Elle essaye de leur faire peur des fois en prenant une grosse voix quand ils courent dans les tribunes, quand ils discutent au lieu d'écouter les consignes, mais en général elle leur explique plutôt, elle leur montre. Elle n'est pas toujours à l'aise avec les mots, et il y en a qui ont fait des remarques sur les filles au foot. Elle les a calmés avec des dribbles et des jongles. Elle arrive à faire tourner le ballon sur sa tête. À les lober, les dépasser et reprendre la balle.

Il y a deux filles seulement, chez les U8, alors elle les chouchoute. Le samedi, quand il y a des plateaux contre d'autres équipes du département, elle les encourage en priorité, même si elle donne aussi de la voix pour les autres.

Il faut se lever tôt le samedi, poser les plots, les petites cages. Sortir les chasubles. Pareil le mercredi, elle voudrait plus de temps parfois, pour regarder des séries sur son téléphone, sortir avec Mariama et Aminata, pour écouter de la musique, pour faire ses devoirs. Il y a déjà les entraînements, ça fait lourd. Mais le coach a dit un bon joueur, c'est un bon éducateur. Vous ne savez pas de quoi votre carrière sera faite, vous pouvez ne pas réussir, au foot. Alors moi je vous montre toutes les facettes du sport et ça vous fait un peu d'argent. Ils sont à peine défrayés, mais elle ne fait pas ça pour l'argent. Elle fait ça parce que ça lui plaît, le ballon, le ballon de toutes les manières.

Il y a un autre jeune avec elle, Ozan, c'est un Turc. Un an de plus qu'elle, déjà au lycée. Au début il la chambrait mais il a compris qu'elle a plus de technique que lui. Elle est plus grande, aussi. Il est comme elle, il aime bien entraîner les petits. Elle arrive, il la checke, bien ou bien, bien, elle répond, j'ai des places pour vendredi. Pour vendredi ? France-Allemagne au Stade de France. T'as de la chance, moi j'ai essayé d'avoir des places par le club, ça marche pas. Eh ouais, gros, t'es pas assez bon pour avoir des places, ça se gagne sur le terrain. Ozan hallucine, je le crois pas, tu as eu des places par le club, c'est injuste, pourquoi toi et pas moi ? Elle le laisse croire un moment, il marronne grave, puis elle lui dit la vérité. Ozan rigole un peu, ouais la bête de meuf, tu m'as fait peur, j'ai cru que j'étais grillé au club, pour qu'ils te filent une place à toi et pas à moi. Puis il retrouve son sérieux, le gars, il t'invite au stade, il te trouve une place, moi je crois il te kiffe, il te kiffe grave.

Aimée fait genre n'importe quoi, elle lui balance le ballon dans le ventre, laisse tomber, vous les garçons vous êtes des morts-de-faim, vous croyez tous les mecs ils sont comme ça, ils veulent tous sortir avec toutes les filles ? Mais elle a quand même son cœur qui bat un peu plus vite, elle le sait, en vérité, qu'elle lui plaît bien. Elle n'a pas l'habitude de penser à ça, elle s'en fiche des garçons normalement, ça lui fait bizarre. Elle se rend compte qu'elle n'observe pas les petits qui jouent aussi sérieusement que d'habitude. Elle veut chasser ces pensées. Elle espère surtout ne pas être déconcentrée pour l'entraînement de demain.

La mère d'Aimée l'a accompagnée chez les parents de Mohammed-Ali, elle voulait voir à qui elle confiait sa fille, ils étaient gênés tous les cinq, adultes et enfants, ils ne savaient pas trop quoi se dire, finalement le père de Mohammed-Ali a dit on y va, ils sont montés dans la voiture, ils sont partis. Mohammed-Ali a proposé à Aimée de se mettre devant, sur le siège passager, à côté de son père, mais elle n'a pas osé. Elle est très timide dans la voiture, Mohammed-Ali, lui, n'ose pas rester derrière avec elle. Il a peur que son père dise, je ne suis pas chauffeur de taxi, ou qu'il les regarde dans le rétroviseur. Il a peur d'être trop près d'Aimée dans ce si petit espace.

Au début du trajet son père pose des questions, Aimée répond d'une toute petite voix, rapidement. Heureusement il cesse vite, il y a des embouteillages, plus que d'habitude et il se concentre sur la route. Mohammed-Ali ne parle pas, il est gêné d'être en voiture avec son père et la fille dont il est amoureux, il ne sait pas quoi dire. Il regarde par la fenêtre les voitures qui avancent cahin-caha, de temps en temps il regarde Aimée en loucedé dans le rétroviseur. Il sourit, elle sourit.

Quand ils arrivent en vue du stade son père leur fait les dernières recommandations, comment aller à l'entrée, ne pas oublier les billets, où ils se retrouveront à la fin, ne pas traîner après le match pour ne pas choper encore des embouteillages. Lui-même veut chercher une place pour la voiture puis attendre dans un bar, il regardera le match aussi.

Une fois sortis du véhicule, c'est plus naturel entre eux deux, Mohammed-Ali se sent exalté, il a de la liberté dans le ventre, de l'excitation, ils sont tous les deux, pas dans la classe, ni dans le collège, ni dans leur ville, ils sont ensemble pour aller voir un match, ils sont grands. Ils se regardent et ils rigolent. Le stade est impressionnant quand on s'en approche, majestueux. C'est la première fois qu'ils y vont tous les deux. Il y a de grandes affiches, une foule de spectateurs qui se dirigent vers les portes pour entrer. Il faut encore faire la queue, ça se bouscule, Aimée lui prend le poignet pour ne pas se perdre, il sursaute au contact. Ils passent les portes, la fouille, des hôtesses successives leur indiquent la direction jusqu'à leurs places. Avant ça ils s'arrêtent pour acheter des sandwiches dans une des baraques, ils prennent un burger chacun, Mohammed-Ali sort le billet donné par sa mère, je t'invite, il dit. OK, elle répond, moi je te paye un coca, alors. Ça marche.

Ils vont tranquillement à leurs places, au début ils ne parlent pas parce qu'ils mangent. Ils regardent pas mal autour d'eux aussi, le stade se remplit, il y a de la musique diffusée par les haut-parleurs. Ils commencent par parler des cours, tel ou telle prof, par parler du collège, les copains et copines. Mohammed-Ali lui dit des trucs sur Zako, comment ils se sont rencontrés. Elle lui raconte pour Mariama et Aminata, elle parle de ses frères et sœurs. Lui il a ses petits frères mais ils sont trop petits, c'est dommage qu'ils aient attendu autant après lui pour les faire, ses parents. Longtemps il a été le seul sans frère ou sœur dans sa classe, c'était bizarre. Il était l'enfant-roi, le petit prince, le premier petit-enfant, en plus. C'était agréable, il se dit maintenant, il s'est senti aimé et choyé. Mais il aurait aimé en avoir plus tôt, des frères, dont il serait plus proche aujourd'hui. Même s'il les aime beaucoup, les deux jumeaux, il ne partage pas grand-chose avec eux. Il ne sait pas pourquoi ils n'ont pas refait des enfants plus tôt, ses parents, ils n'en parlent pas, ça a l'air de leur faire de la peine, des fois. Lui se souvient de pleurs, quand il était petit, d'une maman triste, de longs silences quand il posait des questions. Et aussi de la fatigue de ses parents quand les jumeaux sont arrivés, les nuits où ils se relayaient pour pleurer à tel point que lui-même se réveillait. Et plus question de rejoindre ses parents dans leur lit, même le matin.

Aimée lui explique le foot, comment elle entraîne les petits, comment elle voudrait faire carrière. Ça se développe, le foot féminin, elle est sûre que bientôt il y aura des stars comme chez les hommes. Sinon elle ira aux States, là-bas les footballeuses sont les plus fortes du monde, meilleures que l'équipe masculine. Les hommes jouent au basket, au base-ball, au football américain, les filles au foot. Mohammed-Ali n'avait pas vraiment réfléchi à tout ça.

Aimée lui explique comme c'est bataille avec sa mère chaque week-end de match, pour qu'elle ait le droit de rater la messe pour y aller. Ils parlent un peu religion, dans sa famille, à Aimée, c'est catholique. Sa mère voudrait qu'elle aille à la messe, mais il y a des matches le dimanche matin, alors elle esquive. Mohammed-Ali explique comment c'est chez lui. Surtout pour les fêtes, c'est l'occasion de voir la famille, il lui semble, de bien s'habiller ou en habit traditionnel.

D'un coup elle lui dit : tu viendras me voir, au foot, un jour ? Pendant un match ? Bien sûr, il dit Mohammed-Ali, avec plaisir, je viendrai, je te promets. Elle lui prend la main rapidement, elle sourit, elle la relâche. Mohammed-Ali se demande si elle l'a vraiment fait, il a envie de rire très fort tellement il est content.

Il commence à y avoir vraiment du bruit dans le stade, et quand les joueurs viennent sur le terrain tout le monde applaudit. Au début ils sont tout tranquilles puis ils font des exercices d'échauffement, des sprints, ils envoient des frappes de malade d'un bout de terrain à l'autre, ils font des toros entre eux. Ils ont l'air de bien s'entendre, ils se font des blagues, ils se chambrent. De temps en temps il y en a un qui salue le public. Les Allemands sont entrés aussi, il y a eu à ce moment-là un mélange de sifflets et d'applaudissements.

Aimée et Mohammed-Ali essayent de voir leurs joueurs préférés, les Marseillais ou les ex-Marseillais pour lui, les Madrilènes pour elle. Lassana Diarra, André-Pierre Gignac, Hatem Ben Arfa. Raphaël Varane, Antoine Griezmann. Aimée adore Paul Pogba, aussi. Elle s'y connaît plus que lui, elle raconte les matches des années 1980, la demi-finale perdue, les dents de Battiston et la traîtrise de Schumacher. Mohammed-Ali est impressionné, c'est une encyclopédie du foot, cette fille. Ils n'étaient même pas nés et elle connaît.

Après l'échauffement, les joueurs retournent au vestiaire, d'abord les Français, puis les Allemands, il se passe d'autres trucs sur le terrain, des gens avec des grands drapeaux, celui de la France, de l'Allemagne, ça se voit de loin.

Mohammed-Ali a encore faim, Aimée se moque, t'es un morfale, t'as pas le temps d'aller acheter quelque chose, ça va commencer. Le speaker annonce déjà les équipes, il laisse le temps à chaque nom de joueur pour que tout le stade les acclame.

Et ça commence. Les joueurs reviennent sur le terrain, chacun accompagné d'un enfant. Ils se mettent en ligne, c'est le moment des hymnes. Les joueurs français chantent tous *La Marseillaise*, obligés, il y a eu trop de polémiques, on les a accusés de pas aimer la France. Mohammed-Ali trouve bizarre que l'attachement à un pays se mesure au volume sonore, il trouve ça un peu guerrier, *La Marseillaise*. Aimée la chante la main sur le cœur, comme les joueurs sur le terrain. Mohammed-Ali la regarde, il a l'impression de la voir avec le maillot tricolore, elle est déjà émue, elle se prépare à ce qu'un jour ce soit elle, à leur place. Elle le sera, il se dit, elle sera vraiment joueuse pro, et il l'admire, parce que lui à quatorze ans, bientôt quinze, il est bien incapable de savoir quoi faire dans sa vie. Elle est plus mûre que moi, je ne sais pas si j'ai vraiment ma chance, mais elle est avec moi pour ce match, elle est à côté de moi, elle m'écoute, c'est bien. Il se dit je m'en fous après tout de sortir avec elle ou pas, je passe un bon moment avec une fille, j'ai passé un bon moment avec Lina et Margaux, ça me change, c'est peut-être aussi ça, grandir, ne pas rester simplement un garçon avec les garçons.

Quand le coup d'envoi est donné, Mohammed-Ali crie aussi fort qu'il peut Allez les Bleus, même s'il s'en fout un peu des Bleus, il est dans l'ambiance, et Aimée crie aussi, et ça part très vite sur le terrain, très différent de la télé, on voit tout, le schéma d'ensemble, les joueurs de devant qui marchent au lieu de courir, celui de derrière qui replace ses défenseurs. On voit les contacts, les courses pour se démarquer, proposer des solutions. On voit les stratégies, la tactique.

Après une bonne entame le match se ramollit. À la dix-septième minute Patrice Évra a le ballon, c'est le latéral gauche de la Juve, un vieux de la vieille, on entend une détonation, ça fait beaucoup de bruit, les voisins de travée de Mohammed-Ali et Aimée se figent, Patrice Évra semble hésiter, comme s'il s'arrêtait de jouer une seconde, puis il passe en retrait. La foule crie. Leur voisin direct parle à son pote, ce sont deux messieurs pas tout jeunes, c'est comme en Corse, il dit, des pétards agricoles ! Ils rigolent les deux vieux, tant que ça fait peur aux Allemands, ça me va.

Trois minutes après, encore une explosion, ça y va les pétards, il n'y a toujours pas d'occasion, Raphaël Varane sauve une balle dangereuse, corner pour les Allemands, Hugo Lloris attrape la balle, ça ne donne rien.

Les joueurs ont du mal à tirer au but, un Allemand se blesse et il est remplacé, et puis à la demi-heure de jeu, un attaquant allemand tire vers les buts français, Lloris est battu mais ça passe au-dessus des cages. Bientôt il ne reste que quelques minutes avant la mi-temps, Mohammed-Ali aimerait que la France gagne, qu'elle marque un but, il se dit que ça serait un signe, pour leur relation. De commencer par une victoire.

Encore une occasion pour l'Allemagne, pas cadrée, Aimée s'énerve un peu, ils font quoi, ils vont finir par marquer. Mohammed-Ali hoche la tête, et puis ça s'emballe, Anthony Martial passe deux joueurs, il est en feu, il garde sa lucidité et il centre, en retrait, l'arme imparable de l'attaquant altruiste. Olivier Giroud est là pour recevoir, il frappe, il marque. Le stade exulte, Aimée crie de toutes ses forces, elle se jette dans les bras de Mohammed-Ali, il crie aussi, ils tournent tous les deux, ils rigolent. Ça fait du bien, la tension de la première mi-temps se relâche, l'arbitre siffle, c'est la pause.

L'effervescence du but est retombée, Mohammed-Ali et Aimée ne savent plus quoi faire. Ils s'assoient sur leurs fauteuils. Ils se touchaient il y a deux minutes et là ils sont chacun à leur place. On fait quoi, elle dit. On prend une photo, il répond, et il tient son bras loin pour faire un selfie. Il a pris quelques photos de la première mi-temps, il veut les envoyer à Zako, quand même. Histoire de partager un peu avec son pote. Il n'y a pas de réseau, il ne veut pas s'acharner, pas gâcher ce temps avec Aimée en tapotant sur son téléphone. Il y a 80 000 personnes, dans ce stade, elle lui dit, ça encombre le réseau. 80 000 ça la fait rêver en vérité. Elle s'imagine courir sur le terrain pour la Coupe du monde féminine, marquer un but ou tacler une attaquante, lui enlever la balle du bout du pied alors qu'elle allait tirer, elle entend déjà les clameurs, elle voit ses coéquipières sauter autour d'elle, la taper dans le dos. Et puis elle se dit rêve pas, ça c'est pour les mecs, nous les filles ça sera dans des petits stades. Même ça, elle prend direct, un petit stade, un peu de public qui gueule et l'encourage.

Le match reprend et ils se concentrent tous les deux, ils ne veulent pas rater une action ou un but. Ils flippent des Allemands qui sont capables de remonter. Les Français marquent un but annulé pour hors-jeu, l'entraîneur allemand change deux joueurs d'un coup, il y a des occasions de part et d'autre, et à vingt minutes de la fin André-Pierre Gignac remplace Olivier Giroud. Mohammed-Ali tape des mains, il l'aime bien Gignac, c'est un joueur dont on s'est moqué quand il est venu à l'OM, il marquait peu, mais il s'est accroché, il a enduré et il s'est remis à marquer. Il aimait Marseille et les supporters l'aimaient, il est parti au Mexique jouer pour les Tigres et là-bas il est devenu une légende.

Poteau allemand, le stade frémit. Et tout de suite après tête et but de Gignac, Mohammed-Ali hurle, il est deux fois plus content, pour le but et pour Gignac, ils se reprennent dans les bras. Tout le monde ne se réjouit pas autour d'eux. Il y a des spectateurs qui font une drôle de tête, ils regardent leur portable. Ambiance bizarre, il pense Mohammed-Ali, puis il se concentre sur les dernières minutes du match.

À ce moment il ne sait pas que trois hommes se sont fait exploser autour du stade, il n'a entendu que deux explosions mais il y en a eu trois, et d'autres hommes se sont arrêtés, presque au même moment, successivement devant des bars et restaurants des 10e et 11e arrondissements de Paris, pour massacrer les personnes attablées, et alors même que le match se termine trois autres hommes sont entrés à l'intérieur de la salle de concert du Bataclan et tirent sur les spectatrices, les spectateurs, Mohammed-Ali ne sait pas, il l'apprendra plus tard, ils sont envoyés par Daech, le prétendu État islamique qui a instauré son califat en Irak et en Syrie, sélectionné ces tueurs qui viennent de France, de Belgique, de Syrie ou d'Irak, qui se sont entraînés en Syrie pour la plupart, qui crient des slogans religieux et rigolent en flinguant des innocents.

Tout ça Mohammed-Ali et Aimée en parleront beaucoup les prochains jours, mais pour l'instant, pour quelques minutes encore, ils ignorent ce qui deviendra ce que tout le monde sait, l'événement pour eux c'est encore le match, pas les cent trente morts et trois cent cinquante blessés, pas les proches et les témoins traumatisés, pas le pays tout entier touché et stupéfait,

dans le stade il y en a peu qui savent, quelques officiels, ministres, qui font semblant, restent assis pour ne pas créer de mouvement de panique, ils ne regardent plus le match,

et on a dit au speaker du stade ce qui se passait, on lui a donné des instructions, à la fin du match, à la fin du match seulement, il faudra expliquer la situation, demander aux spectateurs, aux spectatrices, de réagir calmement, en attendant il doit faire comme si de rien n'était, réagir aux buts, aux changements, tout en préparant ce qu'il va dire après, pour que chacun reste calme, parce qu'un mouvement de panique avec une telle foule peut faire encore plus de dégâts qu'une bombe, gens bousculés et écrasés, il devra utiliser sa voix de speaker, une voix chaude, une voix qui donne confiance, pour éviter une catastrophe, il aura dans son micro cette responsabilité, alors il gamberge, il se concentre.

Tandis que Zako ne regarde plus le match depuis quelques minutes, il est chez lui scotché sur son téléphone, sur son lit, il n'arrête pas d'actualiser, il a vu pour les attentats au Stade de France, les meurtres dans Paris, on parle d'Allah akbar prononcé par les terroristes au Bataclan, il se dit merde, les musulmans, on va encore s'en prendre plein la gueule, et puis il se dit putain, Mohammed-Ali, il est au stade, il envoie des textos, plein de textos, sans réponse.

Lina est dans le salon avec ses frères et sa mère, Sofiane et Ilyès ont mis BFM et ils hallucinent, ils sont tous bouche-bée et inquiets, Lina envoie un texto à Mohammed-Ali, ça va, puis à Margaux, wesh super le *date* en plein attentat…

Même décor dans un autre salon chez Margaux, elle aussi plantée devant la télé avec ses parents, elle était dans sa chambre mais elle les a rejoints, Frédéric n'est pas là, il ne répond pas, il devait sortir, il a son job à la pizzeria, ça commence le vendredi soir, sa mère était contente, étonnée qu'il veuille soudainement travailler, tu te feras un peu d'argent de poche ; maintenant elle regrette, et pour une fois Margaux comprend, elle aussi s'inquiète, quand la clef tourne dans la porte elle et ses parents se jettent sur lui, ils pleurent, il n'a pas pu les appeler pour les rassurer, son portable n'avait plus de batterie, il a pensé toute la soirée au fric qu'il doit à Sofiane et Ilyès, jusqu'à ce qu'il apprenne les événements, alors il n'y a plus pensé, avec la nouvelle des attentats le restaurant s'est vidé, il a fumé avec le pizzaiolo plusieurs joints, ils sont restés tous les deux dans la rue, à regarder hébétés la télé de dehors par la baie vitrée, sans entendre le son, simplement les images,

Et le père de Mohammed-Ali est dans un kebab, il a pris le temps de manger et de regarder le match, il a entendu trois explosions et depuis il a très peur, il se demande ce que son fils a compris, là-dedans, au stade, s'il n'a pas paniqué, il craint les bombes et les mouvements de foule, le patron a demandé à ceux qui pouvaient partir de partir, c'est plus prudent, on ne sait jamais s'il y a d'autres terroristes, il a baissé à moitié le rideau de fer, ils sont de rares clients devant la chaîne d'information continue, ils commentent entre leurs dents, ils se rapprochent sans même y penser, sa femme l'appelle trois fois en lui disant va chercher notre fils, il lui explique la situation, le stade est bloqué, fermé et surveillé, il y a des policiers partout, des militaires, il faut attendre, et il ne lui dit pas à elle mais il se dit à lui pourvu qu'il s'en sorte, qu'il revienne et ne soit pas blessé, pourvu qu'on puisse partir vite en voiture, s'éloigner de ce stade, je n'aurais pas dû accepter, pas dû le laisser y aller, à quatorze ans avec une copine, on aurait pu le regarder à la maison, ce match, pourquoi ils n'arrêtent pas la partie pour que mon fils rentre à la maison, il voudrait agir mais il est impuissant, il voudrait protéger son fils mais il ne peut pas, il reste dans ce kebab et il attend, il espère qu'il n'y aura pas de panique quand le match sera fini,

Et Miss Sabire, Astr et Balek sont au bord du canal, ils préparent un graff, ils ont proposé à Mohammed-Ali qui leur a dit qu'il allait au stade, ils sentent d'un coup leurs portables vibrer dans leurs poches et tous les trois ils le sortent, ils regardent, leurs visages prennent la même teinte de lumière d'écran, et ils tapent à toute vitesse le même genre de petit message en questions-réponses,

Et Mme Savanier tremble dans un bar, le rideau de fer est baissé, les lumières éteintes à part celle tremblotante de l'écran de télévision mural, elle marchait dans la rue, rejoindre des amis au café, elle était en retard, quand des passants qui couraient ont dit pour les attentats, personne ne savait rien sinon qu'il fallait se terrer, se protéger, elle a suivi ces inconnus dans un café que la patronne a calfeutré, et ils restent collés les uns aux autres, dans une proximité rapide, elle ne pense pas à ses cours ni à ses élèves, elle se demande comment elle rentrera chez elle, si des amis sont touchés, elle envoie texto sur texto, les mêmes mots, ça va, tu es chez toi, et elle répond à sa famille affolée, elle a peur, elle se dit mais c'est quoi ce putain de film, comment c'est possible que ça bascule aussi vite,

Et le match se termine, tout est bizarre, le speaker demande de ne pas bouger, des choses très graves sont arrivées, il explique, on va donner des instructions, il faut attendre, Mohammed-Ali et Aimée restent plantés sur leurs places pendant vingt minutes, ils attendent, ils n'osent pas parler, tout le monde est grave autour d'eux, certains qui ont une meilleure connexion font passer les téléphones, il y a eu des tirs dans Paris, des bombes devant le Stade de France, des blessés et des morts en terrasse, dans une salle de concert, c'est un règlement de comptes, on entend, c'est un attentat tu veux dire.

Mohammed-Ali et Aimée se prennent la main, ce n'est prémédité ni d'un côté ni de l'autre mais simplement ils se prennent la main, pour sentir qu'ils sont ensemble, quatorze ans au milieu de tout ça, à deux c'est plus facile de se rassurer.

Au bout d'un moment les stadiers les mettent en mouvement, ils descendent sur la pelouse, c'est fou toute une tribune sur cette pelouse où quelque temps avant évoluaient les joueurs, ils foulent la même herbe que Griezmann ou Pogba, ça aurait pu les exciter mais tout le monde est plutôt calme, peu de cris, quelques sanglots, Aimée se dit alors c'est comme ça, j'y arrive sur ce terrain, elle n'aurait pas imaginé marcher si vite sur cette pelouse, y marcher sans maillot, non pour exercer sa passion mais pour évacuer le stade. Elle dit je reviendrai, elle le dit assez fort pour que Mohammed-Ali l'entende, et il lui serre plus fort la main, ils se disent quelques mots qui sortent avec difficulté, la voix nouée, parfois couverte par le son des hélicoptères qui survolent le stade, qui semblent fouiller furieusement la ville.

Ils sont des enfants sages dans la catastrophe, des enfants qui ne se révoltent pas, qui ne cherchent pas à causer de problèmes. Mohammed-Ali essaye de joindre son père, ça ne capte pas. Ils sont nombreux tous ces spectateurs qui évacuent, mais tout est étrangement calme, chacun avance lentement et gravement, pas de mouvement de panique, pas d'éclat de joie comme ça devrait être normalement, après une victoire dans un France-Allemagne. Quand Aimée et Mohammed-Ali sortent enfin du stade, il essaye encore d'appeler son père et finit par l'avoir, rejoignez-moi dit son père, venez vite, ou plutôt ne bougez pas, j'arrive, il y a les forces de l'ordre mais il faut partir, on ne sait jamais,

Et quand son père arrive, il le prend dans ses bras, et il prend aussi Aimée, de ses yeux sortent des larmes de soulagement, il leur dit on y va, on ne perd pas de temps, je suis garé là-bas. Il rentre l'adresse d'Aimée dans le GPS, il met la radio et ils écoutent pendant tout le trajet de retour, ils écoutent et ils envoient des messages.

Arrivés devant l'immeuble d'Aimée, ils sortent de la voiture, elle le prend dans ses bras sur le trottoir, ils se serrent fort, et puis il dit je te raccompagne jusqu'à l'entrée, son père ne dit rien, tacitement il accepte, et ils marchent quelques pas jusqu'à chez elle, elle lui prend la main, merci, c'était bien, il répond grâce à toi j'ai pas eu peur, et très rapidement elle l'embrasse, un tout petit bisou du bout des lèvres. Puis elle tourne le dos, elle fait le code, elle monte dans l'escalier, elle disparaît.

Mohammed-Ali est dans son lit, il n'arrive pas à dormir, ils ont encore regardé les images avec ses parents, jusqu'à tard, sa mère était très inquiète, elle l'a serré dans ses bras. Ses frères aussi, même s'ils sont trop petits pour comprendre vraiment. Il pense aux attentats et il pense à Aimée, il se demande s'ils auraient pu se faire exploser dans le stade, les kamikazes, s'il les a croisés au moment d'entrer, si le bisou d'Aimée sur sa bouche, ça veut dire qu'ils sont ensemble, ou si c'est juste le contexte, il se demande si c'est normal qu'il ait kiffé cette soirée alors que tant de gens pleurent, il se dit ça va pas être facile de se balader avec une tête d'Arabe, même les Kabyles.

Pendant tout le week-end Mohammed-Ali prend des nouvelles, il en donne. Lina et Margaux veulent savoir comment ça s'est passé avec l'attentat, comment ça s'est passé avec Aimée, il leur dit, j'ai pas vu grand-chose, je l'ai embrassée, enfin, je crois.

Le père de Mohammed-Ali a un collègue qui était au Bataclan, il n'a pas été blessé, il est choqué.

Tout le monde s'en fout du but de Gignac, il n'y a que Mohammed-Ali qui s'en rappelle, il est quand même un peu content pour lui.

Au collège le lundi tout le monde ne parle que de ça, les élèves viennent voir Mohammed-Ali, il paraît que tu y étais, comment c'était.

On parle surtout des attentats de Paris, ceux des terrasses et du Bataclan, Mohammed-Ali n'arrête pas de penser que ç'aurait pu être un carnage aussi à Saint-Denis.

Mme Savanier est absente, les élèves ne savent pas pourquoi, ils s'imaginent qu'elle est morte dans les attentats, la CPE les rassure, elle est en arrêt maladie, mais il n'y a rien de grave, rien de grave physiquement, elle rajoute, et puis elle se tait, elle en a trop dit.

Aimée semble éviter Mohammed-Ali, elle est tout le temps avec ses deux copines, elle lui fait un signe de loin et c'est tout,

Lina et Margaux sont déçues. Mohammed-Ali fait genre mais lui aussi. Il se disait, si on sort ensemble, on va s'embrasser, se tenir par la main ou par la taille, rien de tout ça. Le mardi matin il s'aventure à aller lui parler, Mariama et Aminata font barrage, tu lui veux quoi, elles disent, à notre copine. Juste lui parler. C'est elle qui décide, elle te parle quand elle en a envie, tu crois quoi.

Le mardi soir, Astr envoie un texto à Mohammed-Ali, c'est moche tout ce qui se passe, on continue quand même, l'art n'attend pas que la vie passe, as-tu réfléchi à ta masterpiece, ton chef-d'œuvre, *pericoloso sporgersi*, on compte sur toi. C'est quand vous voulez, il répond, et il passe la soirée à dessiner des versions, il varie le lettrage, les dessins à côté de l'inscription, au final il se couche tard mais il a deux versions qui tiennent la route, pour leur montrer. Astr lui envoie un message tard dans la nuit, avec un emoji de micro, au fait, ta phrase, c'est le titre d'une chanson d'un vieux chanteur français, Serge Reggiani, une histoire de mec qui fait un braquage et balance ses complices.

Jeudi matin la police intervient à Saint-Denis, dans l'immeuble où se cachent des terroristes survivants, il y a un assaut, des milliers de balles tirées, une explosion. Ça ne parle que de ça au collège. Mohammed-Ali évite Lina et Margaux, il ne sait pas quoi leur dire. Le soir, il reçoit plusieurs textos, pour résumer leur propos, Aimée abuse.

Le vendredi matin, Aimée vient vers lui à la pause de dix heures, elle lui sourit, elle lui dit, je peux te parler, Mohammed-Ali n'a pas beaucoup d'expérience mais il se dit ça part mal, ils s'éloignent tous les deux, lui ne veut pas sentir le regard traqueur de Lina et Margaux, de Zako, elle veut peut-être éviter Mariama et Aminata.

C'était super cette soirée avec toi, elle commence, vraiment super. Je ne l'oublierai jamais. Tu seras toujours là, elle montre son cœur, même si c'était court. Je t'ai embrassé, je ne regrette pas. Mais je ne peux pas sortir avec toi. Je ne veux pas. Ma priorité c'est le foot, c'est ma carrière, je ne veux pas d'un petit copain, même si tu es gentil, je ne veux pas que tu fasses la gueule parce que j'ai match au lieu d'aller au cinéma, parce que je m'entraîne plusieurs fois par semaine, parce que je me concentre pour le match et je ne réponds pas à tes textos. J'ai déjà assez à faire avec mes copines. Ce qui s'est passé vendredi soir, je ne sais pas, c'était spécial, c'était bizarre, on a eu peur et on se rassurait, tous les deux, on était bien, je veux garder ça, je t'aime bien mais je ne sais pas si je t'aime, je ne veux pas savoir, je ne veux pas penser à ça. J'ai d'autres choses à penser, je suis désolée pour cette semaine, je ne savais pas comment te parler, je ne veux pas te faire de la peine, et je t'en fais, je vois bien que je t'en fais, on verra plus tard, on verra peut-être un jour, mais tu sais je ne compte pas rester là, je veux rejoindre un centre de formation, rejoindre un club, montrer que le foot pour les filles aussi c'est sérieux. Je suis contente de t'avoir embrassé, qu'on se soit tenu les mains.

Mohammed-Ali le savait que ça partait mal mais il a envie de pleurer, pas ici, pas dans la cour du collège, il dit c'est pas grave, je comprends, on est jeunes, moi aussi je suis content qu'on se soit embrassés, il pense même si c'était juste un petit bisou sur la bouche, il dit on verra plus tard comme tu dis, j'espère que je te verrai pas seulement à la télé, pour la Coupe du monde. Elle rigole, tu es un garçon bien, Mohammed-Ali, il y a plein de cons mais toi tu es un garçon bien, si tu trouves une fille je suis sûre qu'elle aura de la chance, et moi ça me fera peut-être quelque chose mais j'ai choisi.

Ils ne savent plus trop quoi dire encore, Mohammed-Ali essaye de faire une blague mais sa voix se casse dans sa gorge, alors ils partent chacun de leur côté, Aimée rejoint ses copines et Mohammed-Ali rejoint Zako, pour une fois il ne fait pas son bourrin, il ne pose aucune question. Il n'ose pas aller voir Lina et Margaux, je leur enverrai un texto, il se dit.

Le week-end ça ne va pas très fort. Ses parents lui proposent de voir un psychologue, rapport à l'attentat, il ne répond pas. Ils insistent, pourquoi pas, je vais dans ma chambre.

Le dimanche soir il ressort en cachette. Il retourne à l'entrée du collège, il a ses bombes de peinture, il recouvre l'inscription Rotka, il en était fier, mais ça lui semble moche et prétentieux désormais, il trace d'autres lettres, le même nombre, il écrit Aimée et le nouveau lettrage est beaucoup plus beau, il a progressé, il a bien choisi les couleurs, les formes. Il utilise de la peinture métallisée, un chrome argenté. Il met aussi un cœur stylisé, avec des yeux et une bouche, un sourire tordu. C'est un peu niais, il s'en fout. Il signe Rotka, au-dessus il fait encore un petit personnage, un perroquet avec une casquette.

C'est un cadeau d'adieu, c'est tout, il ne veut pas être lourd, ce n'est pas pour insister, simplement pour dire c'était beau quand même.

Le lendemain le nouveau graff s'étale, tout le monde le remarque, sans savoir que c'est lui, il n'y a qu'une seule Aimée dans le collège, certains sont tentés de chambrer mais Mariama et Aminata veillent, elles traquent les sourires moqueurs, Aimée ne sait pas trop quoi penser, elle se doute au fond que c'est

Mohammed-Ali, ça ne la fera pas changer d'avis, elle est contente d'avoir son nom à l'entrée du collège, stylé.

Zako checke son ami, il lui souffle à l'oreille, tu es un artiste, mon ami.

Mohammed-Ali est content de son graff, il est beau, il n'a pas trop le moral, quand même.

Épilogue

C'est la première fois qu'il retourne dans un stade depuis les attentats, rien à voir avec le Stade de France, c'est un petit stade de banlieue avec des gradins inconfortables en béton, à tout casser une centaine de spectateurs, surtout des darons et des daronnes, quelques copains et copines. Ça n'a rien à voir avec le 13 novembre mais Mohammed-Ali a quand même une boule au ventre, il ne peut pas s'empêcher de regarder les issues, de se demander si des gars avec des bombes ou des kalaches ne vont pas surgir au beau milieu du match.

Il avait promis à Aimée alors il est venu, il lui a fallu un peu de temps pour digérer sa décision, pour ne pas être triste tout le temps. Il se disait tellement c'est passé tout près, on a failli sortir ensemble, on est sortis ensemble une soirée, un baiser. Il se demandait si ça aurait été pareil sans les attentats, si ça lui aurait donné une chance supplémentaire, ou si au contraire c'était dans ce contexte précis qu'elle avait eu envie de lui prendre la main, de l'embrasser. Il se repasse toute la soirée, il a mémorisé chaque détail, il y a peu de moments de ma vie dont je me souviendrai avec autant d'exactitude, il se dit.

Il n'est pas seul, Lina et Margaux sont dans les tribunes avec lui, elles ont une grosse doudoune, presque la même, un chewing-gum, et il est sûr que c'est le même coupé en deux, parce que quand il leur en a demandé un, elles ont dit on n'en a plus. Il ne leur en veut pas : sur ce coup-là, on est avec toi jusqu'au bout, on vient voir le match. Lina a eu peur, le soir des attentats, d'imaginer Aimée et Mohammed-Ali en danger à cause de ses billets, depuis elle est tellement gentille avec lui qu'elle le chambre à peine. Zako est venu lui aussi, Mohammed-Ali a hésité à lui proposer mais quand son poto lui a demandé ce qu'il faisait ce dimanche, il a expliqué, je vais voir un match d'Aimée, Zako l'a regardé un moment sans rien dire, puis il a dit, si c'est pour voir du foot, je te suis. Il est assis d'un côté de Mohammed-Ali, Lina et Margaux de l'autre, ils se sont même un peu parlé. Elles vont peut-être voir qu'il est capable d'être très drôle, son ami.

La veille, il était sans Lina, sans Margaux, sans Zako, avec les ACA, sur le bord du canal. Ça a pris plusieurs semaines pour qu'enfin il s'y mette, à son chef-d'œuvre. C'est Miss Sabire qui a lancé ce mot de chef-d'œuvre, Astr l'a repris, elle disait c'est comme les compagnons, comme une confrérie, celle des graffeurs, tu dois réaliser ton chef-d'œuvre pour faire pleinement partie de notre groupe. Aux Beaux-Arts, elle aurait aimé imaginer les rapports avec ses camarades, avec ses enseignants, de cette manière. À ce niveau c'est décevant. Alors elle transfère cet idéal sur leur groupe, sur ACA.

Astr, Balek et Miss Sabire l'ont encouragé. Ils ont regardé ses ébauches, commenté son lettrage, ses couleurs. Puis ils ont choisi l'endroit, sur le canal, ils lui ont préparé le mur, en mettant de la peinture unie dessus, ils ont fait le cloud.

Pericoloso sporgersi.

Il est dangereux de se pencher. On est prévenus. C'est dangereux mais ça vaut le coup de tenter, de jouer. Ça vaut le coup d'y aller, de donner, de sortir la tête, de regarder derrière, de regarder de tous les côtés. Ça vaut le coup d'attendre la dernière minute avant la fermeture des portes.

À toi, vas-y. On est là.

Il les a checkés l'un après l'autre, ceux de son crew. Il s'est lancé, il a secoué sa bombe, il a tracé ses lettres, son bras a dessiné dans l'air des trajectoires, elles ont fait des chemins de peinture, sur le mur.

Quand c'était terminé il a mis son blaze et les autres d'ACA ont posé le leur à côté du sien, il était adoubé, membre à part entière. Il s'est éloigné pour avoir une vue d'ensemble, il a pris des photos avec son téléphone, il était fier, c'était beau. Il a regretté à ce moment de ne pas pouvoir les montrer à Aimée, il y repense, assis dans les tribunes.

Elle entre sur le terrain, justement, avec toute son équipe. Comme les professionnels avant le match elles s'échauffent, elles s'envoient des ballons. Elles ont tout l'équipement, maillots violets avec le nom du supermarché du coin dessus, chaussures à crampons, chaussettes haut remontées sur les jambes et rendues rigides par les protège-tibias. Aimée n'a pas regardé en tribunes, elle est concentrée, elle parle avec ses partenaires, elle rigole mais ça se voit qu'il y a de la nervosité. C'est un match important, un match de coupe, contre une équipe très forte.

Pendant l'échauffement, Mariama et Aminata arrivent dans le stade, elles n'ont pas l'air très contentes d'être là, mais elles n'ont jamais l'air très contentes. En levant la tête, elles aperçoivent Mohammed-Ali et les autres, elles ont l'air d'hésiter, finalement elles s'approchent d'eux, elles s'assoient non pas à côté, mais à proximité, il y a deux mètres entre leurs places et les leurs, ils peuvent se parler. Toutes les apparences sont sauves. Mohammed-Ali leur fait un signe de la main, elles font un signe de tête.

Juste avant le début du match, Aimée semble enfin regarder la tribune, Mohammed-Ali est sûr, il est sûr aussi qu'elle sourit, mais c'est loin, on ne voit pas bien, et le soleil, un petit soleil d'hiver, est face à eux. Le match commence et Aimée est aux commandes, dans son équipe, c'est elle qui replace ses partenaires, qui délivre des passes millimétrées, enfin elle essaye, parce que des fois la balle part en sortie. Elle court et ses grandes jambes ça fait des ciseaux, tchak tchak tchak, elle découpe le terrain comme si c'était du papier.

Zako est bon public, bon supporter, il commence à crier, à encourager Aimée et ses coéquipières. Ça fait bien rire Aminata et Mariama. Soudain une défenseuse tamponne Aimée, elle tient la charge, elle conserve le ballon et elle la passe, alors la fille envoie la jambe et elle lui touche la cheville, elle la fait tomber, Aimée roule et se tord, deux de ses coéquipières se jettent vers la fille mais l'arbitre intervient, elle met un carton jaune, elle parle à la fille et on ne comprend pas les paroles mais c'est un avertissement. Tout le petit groupe autour de Mohammed-Ali s'est levé, Mariama et Aminata ont franchi les deux mètres qui les séparent, elles se sont rapprochées, elles insultent la fille qui a fait faute, elles sont vraiment en colère, et Mohammed-Ali aussi, il serait capable de descendre sur le terrain, wesh calmez-vous, elle dit Lina, Aimée se relève, elle rajuste ses chaussettes et elle part même serrer la main de celle qui a fait faute, ça c'est du fair-play, elle dit Margaux.

Ils se rassoient tous, ils sont juste à côté maintenant, leur colère a formé un groupe, et cinq minutes après c'est la joie, ils se sautent dans les bras, ils se regardent en criant et en bougeant la tête, ils lèvent les bras le plus haut possible, Aimée a marqué, elle a récupéré un ballon, elle a parcouru une bonne partie du terrain, échappé à un tacle et contourné une autre joueuse, au bon moment elle a passé la balle à la latérale gauche qui était montée, Aimée a poursuivi sa course et l'autre a centré, et d'un coup de tête Aimée a marqué, la gardienne a bien plongé mais il était trop tard, alors ses coéquipières ont poursuivi la buteuse jusqu'au point de corner, et elles lui ont sauté dessus, une pyramide de footeuses joyeuses. Aimée a réussi à se relever en rigolant, elle a couru vers le coach, elle a checké poing contre poing, puis elle a pointé l'index vers la tribune, vers Mohammed-Ali, Mariama, Aminata, Lina, Margaux, Zako, elle a dessiné dans l'air un cœur avec ses doigts, ça n'a pas duré longtemps, elle est vite retournée à son match, vers le rond central où se préparait l'engagement de ses adversaires.

Mohammed-Ali s'est rassis avec les autres, il était presque essoufflé, comme si c'était lui qui avait couru. Il ne regardait plus vraiment le match, il a tourné la tête à droite et à gauche vers ses amis, il était dans ses pensées, à l'intérieur de sa tête.

Mohammed-Ali sourit, en cet instant il ne pense plus au Stade de France, il ne pense plus aux morts, il ne pense plus à Aimée en tant qu'amoureuse, en tant que fille avec qui il veut sortir. Il se laisse porter par le match. Il a quatorze ans bientôt quinze, ça passe vite mais il a beaucoup de temps devant lui, la joie remue dans son ventre, le sentiment que ça compte, tout ça, le sentiment d'être important, tout est possible.

Il est heureux, il est avec ses copines et son pote, il trace sa route.

Remerciements

Merci en premier lieu à Maya Michalon qui m'a poussé vers ce livre, qui m'a encouragé tout au long de sa rédaction jusqu'à le publier. Qu'elles sont étranges les voies de l'existence quand nos vies successives se croisent. Il y a vingt-quatre ans, elle était cette jeune fille venue de banlieue parisienne, j'étais ce jeune garçon dans ma ville natale, Aix-en-Provence, tous deux dans la même classe d'hypokhâgne du lycée Paul-Cézanne. Nous sommes devenus amis sans nous douter qu'un jour elle serait éditrice et moi écrivain. Il nous aurait été difficile de l'imaginer. Il fallait déjà se dire qu'on était bien à notre place en prépa. Désormais c'est elle qui habite en Provence et moi en banlieue parisienne. Je profitais déjà de sa rigueur et de sa justesse quand elle relisait gentiment mes manuscrits. Je la remercie de nous avoir permis de travailler ensemble pour de vrai.

Je remercie également mes premiers lecteurs et lectrices : Julien Rochedy qui a suivi toutes les étapes de ce travail, Laureline Uzel qui ne m'épargne pas quand c'est nécessaire, Sylvain Cherkaoui qui m'encourage toujours, Alice Zeniter dont le regard d'écrivaine est important pour moi. Séverine Chauvel m'a encouragé après avoir lu les premières pages du texte. J'ai pu compter sur Philippe Pattieu toujours rigoureux dans la traque à la coquille, Justine Bouzy qui le talonne de près, Thibault Pattieu dont les avis éclairés sur le foot m'ont permis d'éviter des erreurs. Stéphane Moulain et Cécile Moulain ont apporté leurs avis précieux sur le collège. Merci à Cécile pour avoir transmis le texte à Faudil, un de ses élèves de troisième qui avait aimé mon précédent roman, *Forêt-Furieuse*. Véronique Grandjacques a relu, aimé et encouragé. Je suis content d'imaginer les lectures collectives à voix haute de la famille Keller-Michalon et je remercie Samuel, Oumy, Tilio et tout particulièrement Sila pour ses précieux conseils. Merci aussi pour les lectures à voix haute de la famille Decolasse et surtout Adrien et Jeanne. Merci enfin à Juliette Moraud et Seynabou Sonko, étudiantes du master de création littéraire de Paris 8, qui ont relu mon texte avec grande bienveillance.

Ce livre est mon premier roman classé littérature jeunesse. Dans les livres jeunesse récents, plusieurs m'ont donné envie d'en écrire : ceux de Stéphane Servant en premier lieu, notamment *Le Cœur des louves* (Rouergue) que j'ai adoré. J'ai beaucoup apprécié également *Home Sweet Home* d'Antoine Philias et Alice Zeniter (l'école des loisirs) ainsi que les livres d'Hélène Gaudy (ses livres jeunesse mais aussi ses livres adultes qui mettent en scène de jeunes personnages), Clémentine Beauvais, Marion Brunet, Jo Witek, Guillaume Guéraud, Alex Cousseau, Marie-Aude Murail. Merci à elles et à eux pour leurs textes inspirants. J'apprécie également le travail poétique réalisé par Mathilde Garcia-Sanz avec des enfants. La série *À la place du cœur*, d'Arnaud Cathrine, m'a aussi été utile dans mon travail.

Merci à Sika Fakambi dont le travail sur l'oralité m'inspire toujours. Merci à Hélène Frappat pour son merveilleux texte «Écrivain, en plusieurs mots», paru dans la revue en ligne *AOC*.

Merci à Alice Zeniter, Hélène Gaudy, Olivia Rosenthal, Yancouba Diémé, Maylis de Kerangal, Sylvain Prudhomme, Julia Kerninon, Jakuta Alikavazovic, Blandine Rinkel, Vincent Jolit, Nicolas Mathieu, Laure Limongi, dont les livres, pour des raisons différentes, m'ont donné du souffle pour celui-ci.

Pour l'écrire, j'ai plongé dans mes souvenirs, ceux de mes années d'élève au collège Mignet et au lycée Vauvenargues à Aix-en-Provence (13). Ceux de mes années d'enseignant au lycée Jean-Rostand de Villepinte (93). Je me suis documenté sur le graff, puisant dans les souvenirs des conflits entre ACA et CMA à Aix-en-Provence. J'ai bénéficié des conseils avisés de Philippe Tuffet (bref mais intense tagueur). Je me suis appuyé pour les éléments de vocabulaire spécifiques sur le site

https://www.slave2point0.com/2019/01/25/dictionnaire-vocabulaire-du-graffiti-et-lexique-du-street-art/#A

Merci aussi aux libraires, notamment ceux chez qui j'ai fait des rencontres publiques cette année, Caractères libres à Aups (merci à Cédric et à toute l'équipe autour de lui, qui nous ont ensuite reçus très gentiment chez eux avec toute ma belle-famille; merci à Laetitia et Doriane qui ont permis cette chaleureuse rencontre); Decitre à Écully, merci à Yann pour son coup de cœur, et bravo pour le gros travail de présentation de la rentrée littéraire; merci à Anaïs du Rideau rouge à Paris pour la sympathique rencontre; à Tristan du Grain des mots pour la super rencontre à Montpellier, merci à Aline et Léa pour le repas ensuite (et quel plaisir de revoir mon ami Sébastien dans ce cadre !) ; merci à Joël Hafkin de La Boîte aux livres à Tours pour la rencontre et le livre qu'il m'a offert, merci à Maryline Heck pour le temps passé en sa compagnie en cette occasion ; merci à Jacques-Étienne de Folies d'encre d'Aulnay-sous-Bois pour m'y avoir encore accueilli, et à mes anciens collègues de Jean-Rostand pour m'avoir fait la surprise de venir !

Il y a eu des rendez-vous manqués pour cause de temps troublés, mais ce n'est que partie remise pour la librairie Le Livre et la Plume de Concarneau, Les 2 GeorgeS de Bondy, La Carline de Forcalquier, c'est promis. Même chose pour la médiathèque de Stains car le festival Hors-Limites a été annulé.

Ce fut aussi un plaisir de participer à des festivals. Un immense merci à Lucie Èple et toute l'équipe de la médiathèque de Villejuif pour m'avoir permis d'y faire une lecture musicale de *Forêt-Furieuse* en compagnie d'Aurélien Bedos, Orso Jesenska, N'tia Konate et Seynabou Sonko. Ce fut un grand moment de plaisir de lire et faire de la musique ensemble (enfin je précise qu'heureusement je me suis contenté de lire). J'ai apprécié également de participer aux Livres dans la boucle à Besançon, au Salon du livre de Chaumont en Champagne (merci à Adélaïde Fabre), à Jardins d'hiver à Rennes (merci à Linda Pinel et Cerise Knapen, Christine Cordonnier et Astrid Massiot ; merci à Marie Chevassut et sa famille pour les bons moments passés ensemble), à Effractions à la Bibliothèque publique d'information du Centre Pompidou (merci à Blandine Fauré et Guénaël Boutouillet), à l'Atlantide à Nantes (merci à Alain Mabanckou et Xavier Fayet). Merci à Hélène Gestern pour la rencontre avec ses étudiantes et étudiants à Nancy. J'ai eu le bonheur de participer aux Cafés littéraires de Montélimar en octobre 2020. Les rencontres ont été très riches et en particulier celles avec la classe de 3e6 du collège Europa, puis avec le comité ado du festival. Merci pour leurs questions d'une grande finesse, pour leur enthousiasme, à Nina, Faudil, Louise, Albane, Romane, Armand, Guilian, Sarah, Oleksandr, Alexandre, Chris-Olivier, Sasha, Milo, Aubin, Melody, Chloé, Héloïse, Kenza. Merci à leurs enseignantes, Cécile Moulin et Sophie Audigier, ainsi qu'à Jacques Merle qui les a accompagnés pour préparer la lecture.

Les années collège, les années lycée, furent de longues années, pas toujours drôles. Une pensée pour les amis de cette époque que je vois encore ou qui suivent mon travail, Ezzedine Kada-Yahya, Barbara Mathevon, Marie Berthelot, Clémentine Baert, Christelle Bes, Sabine de Sanctis, Marion Sableaux, François Leccia. Un merci tout particulier à Pierre Rouzaud pour son amitié sans faille.

Merci aux familles Pattieu, Ginot, Uzel (et branche Di Fusco-Modena) pour leur soutien. Merci à François Faure pour ses précieuses toupies folles. Merci aux familles Casanova, Prévost et Maugain.

Merci à Jalal Haddad, Charlotte de l'Escale, Coline Casanova, Tiphaine Liautaud, Perrine Prévost, Jean Krivine, Nadia Crespin, Carine Montarras, Elias Habchi, Nadia Betjic, Fabien Villedieu, Manon et Marie Chevassut, Marie Rombaldi, Emre Öngun, Marie-Pierre Ponpon, Wassim El Golli, Lénaïg Bredoux, Florence Johsua, Muriel Mille, Sylvain Dautelle, Angelina Valiavanos, Lyne Hervey-Passet (on attend ton livre !), Fred Falzon, Paul Pasquali, Tristan Poullaouec, Marion Cavallo, Jean-Michel Amitrano, Anne Légier, Sophia Banoudi, Lynda Lugaro,

Audrey Célestine, Sarah Fila-Bakabadio, Emmanuelle Sibeud, Irène Favier, Marie-Pierre Dausse, Vincent Mespoulet, Pauline Peretz, Géraldine Poirier, Rodolphe Féger, Patrick Bousquet, Grégory Bekhtari, Héléna Pinna, Florence Kessler, Lisa Liautaud, Aurélie Silvestre, Emma Saudin, Katia Le Rille, Laurent Lichtenstein.

Merci à Clément Dumas pour ses lectures et ses retours. Spéciale dédicace à Jojo qui aura peut-être envie de lire ce livre même s'il est encore jeune.

Merci aux amis de Noisy-le-Sec et Bondy, parents d'élèves et accompagnateurs d'activités, Cindy, Nawel, Aurélie et Nicolas, Morgane, Marco (j'attends ton propre livre !) et Priscilla, Joséphine (le tien aussi), Riad, Amélie et Dimitri. Merci à Olivier et Nadine qui suivent mon travail.

Merci aux médiathèques de Bondy et de Noisy-le-Sec, notamment à Olympe, Pierre, Adrien, Béa, Annabelle. Merci à Katia pour l'atelier d'écriture à la médiathèque de Noisy-le-Sec, c'était un agréable moment.

Merci à mes étudiants et étudiantes d'histoire et de création littéraire à Paris 8, ainsi qu'à mes collègues. Les échanges notamment avec celles et ceux dont je suis l'encadrant du projet dans le master de création littéraire sont particulièrement riches : Younès Boucif, Diadié Dembele, Mattia Filice, Kim Levy, Vidya Narine.

Merci à Laureline Uzel, Lucien et Alma Pattieu Uzel : ils sont mon bonheur, mes amours, ils doivent pourtant supporter le temps passé à taper mes textes sur l'ordinateur. Merci à mon père et à mon frère. À ma mère toujours dans mon cœur.

Je pense aussi, en écrivant ce livre qui évoque ce terrible

13 novembre 2015, à mon ami Matthieu Giroud mort au Bataclan, à ses parents, à Marion, à Aurélie, Gary et Thelma, à Sébastien. Il nous manque.

